사피엔스 한국문학

중·단편소설

26

전광용

꺼삐딴 리

사수

흑산도

『사피엔스²¹』

사피엔스 한국문학 중·단편소설 26
전광용 꺼삐딴 리

초판 1쇄 펴낸날 2014년 5월 26일
초판 3쇄 펴낸날 2021년 3월 20일

지은이 전광용
엮은이 신두원
펴낸이 최병호
본문 일러스트 이경하
펴낸곳 (주)사피엔스21
주소 10403 경기도 고양시 일산동구 중앙로 1233 현대타운빌 205
전화 031)902-5770 **팩스** 031)902-5772
출판등록 제22-3070호
ISBN 978-89-6588-195-7
ISBN 978-89-6588-072-1 (세트)

*파본은 교환해 드립니다.
*이 책에 실린 모든 내용에 대한 권리는 (주)사피엔스21에 있으므로 무단으로 전재하거나 복제, 배포할 수 없습니다.

전광용

- 꺼삐딴 리
  사수
  흑산도

사피엔스 한국문학 중·단편소설 26 | 엮은이 · 신두원

사피엔스 한국문학 - 중·단편소설을 펴내며

 『사피엔스 한국문학』은 청소년과 일반 성인이 한국 문학을 대표하는 작가들의 대표 작품을 편하게 읽으면서도 한국 현대 문학의 흐름을 이해하는 데 다소라도 도움이 되도록 기획한 선집(選集)입니다. 이미 다수의 한국 문학 선집이 시중에 출간되어 있으나, 이번 선집은 몇 가지 점에서 이전 선집들과의 차별화를 시도하였습니다.

 첫째, 안정되고 정확한 텍스트를 독자에게 제공하는 데 주안점을 두었습니다. 문학 작품은 말 그대로 언어라는 실로 짠 화려한 양탄자입니다. 더군다나 한국 문학을 대표하는 작가들의 대표 작품들이라면 두말할 나위가 없겠지요. 이들 작품을 감상하는 데 있어서 정확하면서도 편안한 텍스트를 제공하는 것은 선집이 지녀야 할 핵심 덕목이라고 할 수 있습니다. 그래서 이번 선집은 각 작품의 최초 발표본과 작가 생애 최후의 판본, 그리고 가장 최근에 발간된 비판적 판본(critical version) 등을 참조하여 텍스트에 정확성을 최대한 기하되, 현대인이 읽기 쉽도록 표기를 다듬었습니다. 또한 낯설거나 어려운 낱말에 대한 풀이를 두어서 작품 감상의 흐름이 끊어지지 않고 작품에 자연스럽게 몰입할 수 있도록 편집하는 데 많은 노력을 기울였습니다.

둘째, 선집에 포함될 작가와 작품을 선정하는 데 고심에 고심을 기울였습니다. 물론 기존 문학 선집들의 경우에도 작가 및 작품 선정에 그 나름의 고심을 기울였을 것입니다. 하지만 문학 선집이라는 것은 시대의 흐름과 독자의 취향, 현대적 문제의식 등을 종합적으로 고려해야 하는 것이어서, 시간이 지나고 세상이 바뀌면 작가 및 작품의 선정 기준과 원칙도 달라질 수밖에 없습니다. 이번 선집은 이러한 점들을 고려하여 작가와 작품을 엄선하되, 오늘을 살아가는 청소년과 일반 성인들이 갖고 있는 문제의식 및 취향에 부합할 수 있도록 노력하였습니다.

셋째, 청소년을 위한 최선의 한국 문학 선집이 될 수 있도록 하였습니다. 오늘날 세상은 디지털 문명으로 매우 빠르게 흘러가고, 우리 청소년들은 입시의 중압감과 온갖 뉴미디어의 홍수 속에서 자칫 마음을 키우고 생각을 넓히는 데 소홀해지기 쉽습니다. 이러한 정보의 홍수와 경쟁의 급류 속에서 문학은 자칫 잃기 쉬운 성찰의 기회를 제공해 줍니다. 시대와 호흡하면서 인간의 삶이 제기하는 다양한 문제를 다채롭게 형상화한 작품을 읽으며, 그 작품 속에 그려진 세상과 인물에 공감하면서 때로는 충격을 받고, 때로는 고민에 휩싸이며, 그 속에서 새로운 자아를 발견하는 과정을 통해 청소년들이 깊은 생각과 넓은 마음을 키울 수 있을 것이라 확신합니다. 작품별로 자세한 해설을 달고 그 해설에서 문학 교육의 핵심 내용을 비중 있게 다룬 것 또한 청소년 독자를 위한 배려에서 비롯된 것입니다.

문학 선집을 엮는 일은 두렵고도 설레는 일입니다. 감히 작가와 작품을 고른다는 것도 두려운 일이었거니와, 이 선집을 시대가 요구하는 최고의 선집으로 만들어야겠다는 사명감도 이번 문학 선집을 엮는 과정에서 저희 엮은이들과 편집자들의 어깨를 짓누르는 한편 가슴 벅찬 기대를 품게 만들었습니다. 부디 이 선집으로 많은 이들이 한국 문학의 정수(精髓)를 만끽하길 바랍니다. 그리고 날카로운 질책과 따스한 성원을 아울러 기대합니다.

끝으로 이 자리를 빌려 물심양면으로 선집의 출간을 뒷받침해 주신 (주)사피엔스21의 권일경 대표 이사님 이하 편집부 직원 모두에게 감사를 드립니다. 또한 이 선집을 위해 작품의 출간을 허락하신 작가들과 저작권을 위임받아 여러 편의를 제공해 준 한국문예학술저작권협회 측에도 감사의 말을 전합니다.

엮은이 대표 _신두원

일러두기

●

1. 수록 작품은 최초 발표본과 작가 생애 최후의 판본, 그리고 가장 최근에 발간된 비판적 판본(critical version) 등을 참조하여 텍스트를 확정했습니다. 참조한 판본은 작품 뒤에 밝혔습니다.
2. 한 작가의 작품 배열은 청소년들의 눈높이와 문학사적인 지명도를 고려하여 그 순서를 정하였습니다.
3. 뜻풀이가 필요하다고 판단되는 낱말과 문장은 본문 아래쪽에 그 풀이를 달았습니다.
4. 표기는 원문에 충실히 따르는 것을 원칙으로 하되, 맞춤법과 띄어쓰기는 최대한 현행 표기법을 따랐습니다. 단, 해당 작가만의 개성이 묻어 있는 말이나 방언, 속어, 고어 등은 최대한 원문대로 살려 놓았습니다.
5. 위의 원칙들은 작가에 따라, 지문과 대화에 따라, 문체에 따라, 문맥에 따라 적용의 정도가 달라질 수 있습니다.

차례

간행사	4
꺼삐딴 리	10
사수	74
흑산도	108
작가 소개	154

꺼삐딴 리

일제 강점기 동안 '친일파'들이 득세했던 것은 다 아실 거에요. 이 작품에도 친일파로 살았던 한 인물이 등장해요. 집 안에서도 솔선해서 일본어만 사용하고, 가족들 이름도 모두 일본식으로 바꾸는 이른바 창씨개명을 했지요. 직업은 의사인데, 환자는 돈이 있을 만한 사람만 받고, 사상범으로 옥고를 치르다 건강을 해쳐 병원을 찾은 환자는 돌려보내지요. 일본이 제2차 세계대전에서 패하고 우리나라가 독립을 얻은 후에 과연 이 사람은 어떻게 되었을까요?

수술실에서 나온 이인국(李仁國) 박사는 응접실 소파에 파묻히듯이 깊숙이 기대어 앉았다.
　　그는 백금 무테안경을 벗어 들고 이마의 땀을 닦았다. 등골에 축축이 밴 땀이 잦아들어 감에 따라 피로가 스며 왔다. 두 시간 이십 분의 집도(執刀). 위장 속의 균종(菌腫) 적출. 환자는 아직 혼수상태에서 깨지 못하고 있다.
　　수술을 끝낸 찰나 스쳐 가는 육감, 그것은 성공 여부의 적중률을 암시하는 계시 같은 것이다. 그러나 오늘은 웬일인지 뒷맛이 꺼림칙하다.

집도(執刀) 수술이나 해부를 하기 위하여 수술칼을 잡음.
균종(菌腫) 곰팡이 종류의 세균이 침입하여 생기는 혹과 비슷한 종기.
적출(摘出) 끄집어내거나 솎아 냄.
찰나(刹那) 어떤 일이나 현상이 일어나는 바로 그때.
육감(六感) 신체에 갖추어진 눈, 귀, 코, 혀, 피부로 느끼는 오감 이외에 더 있다고 생각되는 감각. 사물의 본질을 직감적으로 알아차리는 심리 작용이다.

그는 항생질(抗生質)˙ 의약품이 그다지 발달되지 않았던 일제 시대부터 개복 수술˙에 최단 시간의 기록을 세웠던 것을 회상해 본다.

맹장염이나 포경(包莖)수술, 그 정도의 것은 약과다. 젊은 의사들에게 맡겨 버리면 그만이다. 대수술의 경우에는 그렇게 방임할˙ 수만은 없다. 환자 측에서도 대개 원장의 직접 집도를 조건부로 입원시킨다. 그는 그것을 자랑으로 삼아 왔고 스스로 집도하는 쾌감마저 느꼈었다.

그의 병원 부근은 거의 한 집 건너 병원이랄 수 있을 정도로 밀집한 지대다. 이름 없는 신설 병원 같은 것은 숫제 비 장날 시골 전방˙처럼 한산한 속에 찾아오는 손님을 기다리고 있는 형편이다.

그러나 이인국 박사는 일류 대학 병원에서까지 손을 쓰지 못하여 밀려오는 급환자들 틈에 끼어 환자의 감별˙에는 각별한˙ 신경을 쓰고 있다.

그것은 마치 여관 보이가 현관으로 들어서는 손님의 옷차림을 훑어보고 그 등급에 맞는 방을 순간적으로 결정하거나 즉석

항생질(抗生質) 항생 물질. 미생물, 세균 따위의 발육을 막거나 대사 기능을 억제하는 화학 물질. 미생물에서 만들어지거나 화학적으로 합성된다. 페니실린, 스트렙토마이신, 테라마이신 등이 있다.
개복 수술(開腹手術) 배를 갈라서 열고 배 안에 있는 기관을 치료하거나 혹 따위를 제거하는 수술.
방임하다(放任--) 돌보거나 간섭하지 않고 제멋대로 내버려 두다.
전방(廛房) 물건을 늘어놓고 파는 가게.
감별(鑑別) 보고 식별함.
각별하다(各別/恪別--) 어떤 일에 대한 마음가짐이나 자세 따위가 유달리 특별하다.

꺼삐딴 리

에서 서슴지 않고 거절하는 경우와 흡사한 것이라고나 할까.

이인국 박사의 병원은 두 가지의 전통적인 특징을 가지고 있다.

병원 안이 먼지 하나도 없이 정결하다는 것과 치료비가 여느 병원의 갑절이나 비싸다는 점이다.

그는 새로 온 환자의 초진(初診)에서는 병에 앞서 우선 그 부담 능력을 감정하는 데서부터 시작한다. 신통치 않다고 느껴지는 경우에는 무슨 핑계를 대든 그것도 자기가 직접 나서는 것이 아니라 간호원더러 따돌리게 하는 것이다.

그렇게 중환자가 아닌 한 대부분의 경우 예진(豫診)은 젊은 의사들이 했다. 원장은 다만 기록된 진찰 카드에 따라 환자의 증세에 아울러 경제 정도를 판정하는 최종 진단을 내리면 된다.

상대가 지기나 거물급이 아닌 한 외상이라는 명목은 붙을 수 없었다. 설령 있다 해도 이 양면 진단은 한 푼의 미수나 결손도 없게 한 그의 반생을 통한 의술 생활의 신조요 비결이었다.

그러기에 그의 고객은 왜정 시대는 주로 일본인이었고 현재

갑절 배(倍)
초진(初診) 처음으로 진찰을 함. 또는 그 진찰.
감정하다(鑑定--) 사물의 특성이나 참과 거짓, 좋고 나쁨을 분별하여 판정하다.
예진(豫診) 환자의 병을 자세하게 진찰하기 전에 미리 간단하게 진찰하는 일.
지기(知己) 지기지우(知己之友). 자기의 가치나 속마음을 잘 알아주는 참다운 벗. 여기에서는 아는 사람, 즉 지인(知人)의 뜻으로 쓰였다.
미수(未收) 돈이나 물건 따위를 아직 다 거두어들이지 못함.
결손(缺損) 수입보다 지출이 많아서 생기는 금전상의 손실.
신조(信條) 굳게 믿어 지키고 있는 생각.
왜정(倭政) 일본이 침략하여 강점하고 다스리던 정치.

는 권력층이 아니면 재벌의 셈속에 드는 축*들이어야만 했다.

그의 일과는 아침에 진찰실에 나오자 손가락 끝으로 창틀이나 탁자 위를 훑어 무테안경 속 움푹한 눈으로 응시하는 일에서 출발한다.

이때 손가락 끝에 먼지만 묻으면 불호령*이 터지고, 간호원은 하루 종일 원장의 신경질에 부대껴야만 한다.

아무튼 단골 고객들은 그의 정결한 결백성에 감탄과 경의를 표해 마지않는다.

1·4 후퇴 시 청진기가 든 손가방 하나를 들고 월남한 이인국 박사다. 그는 수복*되자 재빨리 셋방 하나를 얻어 병원을 차렸다. 그러나 이제는 평당 오십만 환*을 호가하는* 도심지에 타일을 바른 이층 양옥을 소유하게 되었다. 그는 자기 전문의 외과 외에 내과, 소아과, 산부인과 등 개인병원을 집결시켰다. 운영은 각자의 호주머니 셈속이었지만* 종합병원의 원장 자리는 의젓이 자기가 차지하고 있다.

이인국 박사는 양복 조끼 호주머니에서 십팔금 회중시계를

축 일정한 특성이나 수준에 따라 나누어진 사람의 무리를 나타내는 말.
불호령(-號令) 몹시 심하게 하는 꾸지람.
수복(收復) 잃었던 땅이나 권리 따위를 되찾음. 여기에서는 6·25 전쟁 때의 서울 수복을 가리킨다.
환(圜) 우리나라의 옛 화폐 단위. 1환은 1전(錢)의 100배이다. 1953년 2월 15일부터 1962년 6월 9일까지 통용되었다.
호가하다(呼價--) 팔거나 사려는 물건의 값을 부르다.
✽ 운영은 각자의 호주머니 셈속이었지만 이인국 박사의 건물에 들어온 각 개인 병원들이 각자의 능력과 잇속에 따라 병원 운영은 따로 하였지만.

꺼내어 시간을 보았다.

두 시 사십 분!

미국 대사관 브라운 씨와의 약속 시간은 이십 분밖에 남지 않았다. 이 시계에도 몇 가닥의 유서 깊은 이야기가 숨어 있다. 이인국 박사는 시계를 볼 때마다 참말 '기적'임에 틀림없었던 사태를 연상하게 된다.

왕진 가방과 함께 삼팔선을 넘어온 피란 유물의 하나인 시계. 가방은 미군 의사에게서 얻은 새것으로 갈아 매어 흔적도 없게 된 지금, 시계는 목숨을 걸고 삶의 도피행을 같이한 유일품이요, 어찌 보면 인생의 반려(伴侶)이기도 한 것이다.

밤에 잘 때에도 그는 시계를 머리맡에 풀어 놓거나 호주머니에 넣은 채로 버려두지 않는다. 반드시 풀어서 등기 서류, 저금통장 등이 들어 있는 비상용 캐비닛 속에 넣고야 잠자리에 드는 것이었다. 거기에는 또 그럴 만한 연유가 있었다. 이 시계는 제국대학을 졸업할 때 받은 영예로운 수상품이다. 뒤쪽에는 자기

회중시계(懷中時計) 몸에 지닐 수 있게 만든 작은 시계.
유서(由緒) 예로부터 전하여 내려오는 까닭과 내력.
왕진(往診) 의사가 병원 밖의 환자가 있는 곳으로 가서 진료함.
피란(避亂) 전쟁이나 재난을 피하여 옮겨 감.
반려(伴侶) 짝이 되는 동무.
등기(登記) 국가 기관이 법정 절차에 따라 등기부에 부동산에 관한 일정한 권리관계를 적는 일.
연유(緣由) 일의 까닭이나 이유.
제국대학(帝國大學) 1886년에 공포된 일본의 제국대학령에 의하여 설립된 대학을 말함. 당시 우리나라에는 일본의 여섯 번째 제국대학인 '경성제국대학'이 1926년에 설립되었다. 이인국 박사가 유학을 했다는 언급은 없으므로 그가 나온 제국대학은 경성제국대학을 가리킬 것이다. 경성제국대학은 지금의 서울대학교의 전신이다.

이름이 새겨져 있다.

 그 후 삼십여 년, 자기 주변의 모든 것은 변하여 갔지만 시계만은 옛 모습 그대로다. 주변뿐만 아니라 자기 자신은 얼마나 변한 것인가. 이십 대 홍안˚을 자랑하던 젊음은 어디로 사라진 것인지 머리카락도 반백˚이 넘었고 이마의 주름은 깊어만 간다. 일제 시대, 소련군 점령하의 감옥 생활, 6·25 사변, 삼팔선, 미군 부대, 그동안 몇 차례의 아슬아슬한 죽음의 고비를 넘긴 것인가.

 월삼 십칠 석˚.

 우여곡절 많은 세월 속에서 아직도 제 시간을 유지하는 것만도 신기하다. 시간을 보고는 습성처럼 째각째각 소리에 귀 기울이는 때의 그의 가느다란 눈매에는 흘러간 인생의 축도˚가 서리는 것이었다. 그 속에서도, 각모(角帽)˚와 쓰메에리˚ 학생복을 벗어 버리고 신사복으로 갈아입던 그날의 감회를 더욱 새롭게 해 주는 충동을 금할 길 없는 것이었다.

 이인국 박사는 수술 직전에 서랍에 집어넣었던 편지에 생각

홍안(紅顔) 붉은 얼굴이라는 뜻으로, 젊어서 혈색이 좋은 얼굴을 이르는 말.
반백(斑白/頒白) 흰색과 검은색이 반반 정도인 머리털.
월삼 십칠 석 미국의 월섬(Waltham) 사에서 만든, 17개의 보석이 박힌 회중시계.
축도(縮圖) 대상이나 그림을 일정한 비율로 줄여서 원형보다 작게 그림. 또는 그런 그림.
각모(角帽) 사각모자. 윗면이 네모난 모자. 예전에는 대학생이나 전문학교 학생들이 쓰고 다녔는데, 지금은 주로 대학이나 대학원 졸업식 때에 졸업생들이 가운에 갖추어 쓴다.
쓰메에리(つめえり) 깃의 높이가 4cm쯤 되게 하여, 목을 둘러 바싹 여미게 지은 양복(학생복).

이 미쳤다.

　미국에 가 있는 딸 나미. 본래의 이름은 일본식의 나미코(奈美子)다. 해방 후 그것이 거슬린다기에 나미로 불렀고 새로 기류계에 올릴 때에는 코(子) 자를 완전히 떼어 버렸다.

　나미짱! 딸의 모습은 단란하던 지난날의 추억과 더불어 떠올랐다.

　온 집안의 재롱둥이였던 나미, 그도 이젠 성숙했다. 그마저 자기 옆에서 떠난 지금, 새로운 정에서 산다고는 하지만 이인국 박사는 가끔 물밀어 오는 허전한 감을 금할 길 없었다.

　아내는 거제도 수용소에 있을 때 죽었고 아들의 생사는 지금껏 알 길이 없다.

　서울에서 다시 만나 후처로 들어온 혜숙(惠淑). 이십 년의 연령 차에서 오는 세대의 거리감을 그는 억지로 부인해 본다. 그러나 혜숙의 피둥피둥한 탄력에 윤기가 더해 가는 살결에 비해 자기의 주름 잡힌 까칠한 피부는 육체적 위축감마저 느끼게 하는 때가 없지 않았다.

　그들 사이에서 난 돌 지난 어린것, 앞날이 아득한 이 핏덩이

기류계(寄留屆) 예전에, 거주지를 관청에 신고하던 서류.
짱(ちゃん) 일본어로, 흔히 인명에 붙여서 허물없이 가까운 사이임을 나타내는 호칭.
물밀다 생각, 감정 따위가 세찬 기세로 솟구치다.
거제도 수용소(巨濟島收容所) 6·25 전쟁 중 유엔군과 한국군이 사로잡은 북한군과 중공군 포로들을 집단으로 수용하던 곳으로 1950년 11월에 설치되었다.
부인하다(否認--) 어떤 내용이나 사실을 옳거나 그러하다고 인정하지 아니하다.
위축감(萎縮感) 어떤 힘에 눌려 졸아들고 기를 펴지 못하는 느낌.

만이 지금의 이인국 박사의 곁을 지켜 주는 유일한 피붙이다.

이인국 박사는 기대와 호기에 찬 심정으로 항공우편의 피봉˚을 뜯었다.

전번 편지에서 가타부타˚ 단안˚은 내리지 않고 잘 생각해서 결정하라고 한 그 후의 경과다.

'결국은 그렇게 되고야 마는 건가…….'

그는 편지를 탁자 위에 밀어 놓았다. 어쩌면 이러한 결말은 딸의 출국 이전에서부터 이미 싹튼 것인지도 모른다는 생각이 들었다.

대학에서 영문과를 택한 딸, 개인 지도를 하여 준 외인 교수, 스칼라십˚을 얻어 준 것도 그고, 유학 절차의 재정 보증인을 알선˚해 준 것도 그가 아닌가. 우연한 일은 아니다.

그러나 시류˚에 따라 미국 유학을 해야만 한다고 주장한 것은 오히려 아버지 자기가 아닌가.

동양학을 연구하고 있는 외인 교수. 이왕이면 한국 여성과 결혼했으면 좋겠다던 솔직한 고백에, 자기의 학문을 위한 탁월한 견해라고 무심코 찬의˚를 표한 것도 자기가 아니던가. 그것도 지

피봉(皮封) 겉봉.
가타부타(可-否-) 어떤 일에 대하여 옳다느니 그르다느니 함.
단안(斷案) 어떤 사항에 대한 생각을 딱 잘라 결정함. 또는 그렇게 결정된 생각.
스칼라십(scholarship) 장학 제도. 학생에게 학비를 원조하여 수학(修學)을 돕거나, 학술 연구자에게 연구비나 상금을 주어 연구를 장려하는 제도.
알선하다(斡旋--) 남의 일이 잘되도록 주선하다.
시류(時流) 그 시대의 풍조나 경향.
찬의(贊意) 어떤 행동, 견해, 제안 따위가 옳거나 좋다고 판단하여 수긍하는 마음.

금 생각하면 하나의 암시였음이 분명하지 않은가.

이인국 박사는 상아로 된 오존 파이프를 앞니에 힘을 주어 지그시 깨물며 눈을 감았다.

꼭 풀 쑤어 개 좋은 일을 한 것만 같은 분하고도 허황한 심정이다.

'코쟁이 사위.'

생각만 해도 전신의 피가 역류하는 것 같은 몸서리가 느껴졌다.

'더러운 년 같으니, 기어코……'

그는 큰기침을 내뱉었다.

그의 생각은 왜정 시대 내선일체˚의 혼인론이 떠돌던 이야기에까지 꼬리를 물었다. 그때는 그것을 비방하거나 굴욕처럼 느끼지는 않았다. 오히려 당연한 것으로 해석했고 어찌 보면 우월한 것으로 생각하지 않았던가. 그런데 이 경우는…….

그는 딸의 편지 구절을 곱씹었다.

'애정에 국경이 있어요?'

이것은 벌써 진부하다˚. 아비도 학창 시절에 그런 풍조는 다 마스터했다. 건방지게, 이제 새삼스레 아비에게 설교 조로……. 좀 더 솔직하지 못하고…….

내선일체(內鮮一體) 일본과 조선은 한 몸이라는 뜻으로, 일제 강점기 때 일본이 조선인의 정신을 말살하고 조선을 착취하기 위하여 만들어 낸 구호.
진부하다(陳腐--) 사상, 표현, 행동 따위가 낡아서 새롭지 못하다.

그러니 외딸인 제가 그런 국제결혼의 시금석이 되겠단 말인가.

'아무튼 아버지께서 쉬 한번 오신다니 최종 결정은 아버지의 의향에 따라 결정할 예정입니다만……'

그래 아버지가 안 가면 그대로 정하겠단 말인가.

이인국 박사는 일대 잡종(一代雜種)의 유전 법칙이 떠오르자 머리를 내저었다. '횬둥이 외손자', 생각만 해도 징그럽다.

그는 내던졌던 사진을 다시 집어 들었다.

대학 캠퍼스 같은 석조전의 거대한 건물, 그 앞의 정원, 뒤쪽에 짝을 지어 걸어가는 남녀 학생, 이 배경 속에 딸과 그 외인 교수가 나란히 어깨를 짚고 서서 웃음을 짓고 있다.

'흥, 놀기는 잘들 논다…….'

응, 신음 소리를 치며 그는 자리에서 일어섰다. 아무튼 미스터 브라운을 만나, 이왕 가는 길이면 좀 더 서둘러야겠다, 그 가장 대우가 좋다는 국무성 초청 케이스의 확정 여부를 빨리 확인해야겠다는 생각이 조바심을 쳤다.

그는 아내 혜숙이 있는 살림방 쪽으로 건너갔다.

"여보, 나미가 기어코 결혼하겠다는구려."

시금석(試金石) 가치, 능력, 역량 따위를 알아볼 수 있는 기준이 되는 기회나 사물을 비유적으로 이르는 말.
쉬 '쉬이'의 준말. 멀지 아니한 가까운 장래에.
일대 잡종(一代雜種) 유전 형질이 서로 다른 부모 사이에서 생긴 제1대째의 자손. 보통 부모보다 우수한 형질을 갖는다.
석조전(石造殿) 돌로 지은 궁전.

"그래요? ……."

아내의 어조에는 별다른 감동이나 의아도 없음을 이인국 박사는 직감했다.

그는 가능한 한 혜숙이 앞에서 전실 소생의 애들 이야기를 하는 것을 삼가 왔다.

어떻게 보면 나미의 미국 유학을 간접적으로 자극한 것은 가정 분위기의 소치라는 자격지심이 없지 않기도 했다.

나미는 물론 혜숙을 단 한 번도 어머니라고 불러 준 일이 없었다.

혜숙 또한 나미 앞에서 어머니라고 버젓이 행세한 일도 없었다.

지난날의 간호원과 오늘의 어머니, 그 사이에는 따져서 표현할 수 없는 미묘한 감정들이 복재되어 있었다.

"선생님의 일이라면 무엇이든지 돕겠어요."

서울에서 이인국 박사를 다시 만났을 때 마음속 그대로 털어놓은 혜숙의 첫마디였다.

처음에는 혜숙이도 부인의 별세를 몰랐고 이인국 박사도 혜숙이의 혼인 여부를 참견하지 않았다.

혜숙은 곧 대학 병원을 그만두고 이리로 옮겨 왔다.

전실(前室) 남의 전처(前妻)를 높여 이르는 말. 여기에서는 자신의 전처를 가리킨다.
소생(所生) 자기가 낳은 아들이나 딸.
소치(所致) 어떤 까닭으로 생긴 일.
자격지심(自激之心) 자기가 한 일에 대하여 스스로 미흡하게 여기는 마음.
복재(伏在) 몰래 숨어 있음.

나미는 옛정이 다시 살아 혜숙을 언니처럼 따랐다.

이들의 혼인이 익어 갈 때 이인국 박사는 목에 걸리는 딸의 의향을 우선 듣기로 했다.

딸도 아버지의 외로움을 동정하고 있었다. 자기 자신 아버지의 시중이 힘에 겨웠고 또 그 사이 실지의 아버지 뒤치다꺼리를 혜숙이 해 왔으므로 딸은 즉석에서 진심으로 찬의를 표했다.

그러나 시간이 흐를수록 혜숙과 나미의 간격은 벌어졌고, 혜숙도 남편과의 정상적인 가정생활에 나미가 장애물이 되는 것 같은 느낌을 차츰 가지게 되었다.

혜숙 자신도 처음에는 마음 놓고 이인국 박사를 남편이랍시고 일대일로 부르진 못했다.

나미의 출발, 그 후 어린애의 해산, 이러한 몇 고개를 넘는 사이에 이제 겨우 아내답게 늠름히 남편을 대할 수 있고 이인국 박사 또한 제대로의 남편의 체모로 아내에게 농을 걸 수도 있게끔 되었다.

"기어쿠 그 외인 교수하군가 가까워지는 모양인데."

이인국 박사는 아내의 얼굴을 직시하지는 못하고 마치 독백하듯이 뇌까렸다.

"할 수 있어요. 제 좋다는 대로 해야지요."

해산(解産) 아이를 낳음.
체모(體貌) 체면(體面). 남을 대하기에 번듯하고 떳떳한 도리나 얼굴.
뇌까리다 아무렇거나 되는대로 마구 지껄이다.

마치 남의 이야기를 하는 것처럼 이인국 박사에게는 들려왔다.

"글쎄, 하기는 그렇지만……."

그는 입맛만 다시며 더 이상 계속하지 못했다.

잠을 깨어 울고 있는 어린것에게 젖을 물리고 있는 아내의 젊은 육체에서 자극을 느끼면서 이인국 박사는 자기 자신이 죄를 지은 것만 같은 나미에 대한 강박 관념을 금할 길이 없었다.

저 어린것이 자라서 아들 원식(元植)이나 또 나미 정도의 말상대가 되려도 아직 이십여 년의 세월이 흘러야 한다.

그때 자기는 칠십이 넘는 할아버지다.

현대 의학이 인간의 평균 수명을 연장하고, 암(癌) 같은 고질이 아닌 한 불의의 죽음은 없다 하지만, 자기 자신 의사이면서 스스로의 생명 하나를 보장할 수 없다.

'마누라는 눈앞에서 나는 새 놓치듯이 죽이지 않았던가.'

아무리 해도 저놈이 대학을 나올 때까지는 살아야 한다. 아무렴, 때가 때인 만큼 미국 유학까지는 내 생전에 시켜 주어야 하지.

하기야 그런 의미에서도 일찌감치 미국 혼반을 맺어 두는 것도 그리 해로울 건 없지 않나. 아무렴, 우리보다는 낫게 사는 사

강박 관념(强迫觀念) 마음속에서 떨쳐 버리려 해도 떠나지 아니하는 억눌린 생각.
고질(痼疾) 오랫동안 앓고 있어 고치기 어려운 병.
혼반(婚班) 서로 혼인을 맺을 만한 양반의 지체. 여기에서는 혼인의 상대가 미국인이므로 '양반' 혹은 '양반의 지체'라 할 수는 없고, '결혼으로 맺어지는 가문의 관계' 정도의 의미이다.
  지체 집안이나 개인의 사회적 신분이나 지위.

람들인데. 좀 남 보기 체면이 안 서서 그렇지.

그는 자위인지 체념인지 모를 푸념을 곱씹었다.

"여보, 저걸 좀 꾸려요."

이인국 박사의 말씨는 점잖게 가라앉았다.

"뭐 말이에요?"

아내는 젖꼭지를 물린 채 고개만을 돌려 되묻는다.

"저, 병 말이오."

그는 화장대 위에 놓은 골동품을 가리켰다.

"어디 가져가서요?"

"저 미 대사관 브라운 씨 말이야. 늘 신세만 졌는데……."

아내가 꼼꼼히 싸 놓은 포장물을 들고 이인국 박사는 천천히 현관을 나섰다.

벌써 석간신문이 배달되었다.

아무리 생각해도 그것은 분명 기적임에 틀림없는 일이었다. 간헐적으로 반복되어 공포와 감격을 함께 휘몰아치는 착잡한 추억. 늘 어제 일마냥 생생하기만 하다.

1945년 팔월 하순.

아직 해방의 감격이 온 누리를 뒤덮어 소용돌이칠 때였다.

자위(自慰) 자기 마음을 스스로 위로함.
간헐적(間歇的) 얼마 동안의 시간 간격을 두고 되풀이하여 일어나는. 또는 그런 것.
착잡하다(錯雜--) 갈피를 잡을 수 없이 뒤섞여 어수선하다.

말복(末伏)도 지난 날씨건만 여전히 무더웠다. 이인국 박사는 이 며칠 동안 불안과 초조에 휘몰려 잠도 제대로 자지 못했다. 무엇인가 닥쳐올 사태를 오돌오돌 떨면서 대기하는 상태였다.

　그렇게 붐비던 환자도 하나 얼씬하지 않고 쉴 사이 없던 전화도 뜸하여졌다. 입원실은 최후의 복막염 환자였던 도청의 일본인 과장이 끌려간 후 텅 비었다.

　조수와 약제사는 궁금증이 나서 고향에 다녀오겠다고 떠나갔고 서울 태생인 간호원 혜숙이만이 남아 빈집 같은 병원을 지키고 있었다.

　이층 십 조 다다미방에 훈도시와 유카타 바람에 뒹굴고 있던 이인국 박사는 견디다 못해 부채를 내던지고 일어났다.

　그는 목욕탕으로 갔다. 찬물을 퍼서 대야째로 머리에서부터 몇 번이고 내리부었다. 등줄기가 시리고 몸이 가벼워졌다.

　그러나 수건으로 몸을 닦으면서도 무엇엔가 짓눌려 있는 것 같은 가슴속의 갑갑증을 가셔 낼 수가 없었다.

　그는 창문으로 기웃이 한길 가를 내려다보았다. 우글거리는 군중들은 아직도 소음 속으로 밀려가고 있다.

약제사(藥劑師) '약사(藥師)'의 전 용어. 국가의 면허를 받아 의약에 관한 일을 맡아보는 사람.
조 다다미의 단위인 첩(疊)의 일본어 발음. '십 조'는 다다미 열 장을 깐 넓이라는 뜻이다.
다다미(たたみ) 마루방에 까는 일본식 돗자리. 속에 짚을 5cm가량의 두께로 넣고, 위에 돗자리를 씌어 꿰맨 것으로, 보통 너비 석 자에 길이 여섯 자 정도의 직사각형 모양으로 만든다.
훈도시(ふんどし) 일본에서, 남자가 음부를 가리기 위해 두르는 폭이 좁고 긴 천.
유카타(ゆかた) 목욕 후 또는 여름철에 입는 일본식 무명 홑옷.
한길 사람이나 차가 많이 다니는 넓은 길.

굳게 닫혀 있는 은행 철문에 붙은 벽보가 한길을 건너 하얀 윤곽만이 두드러져 보인다.

아니 그곳에 씌어 있는 구절.

친일파(親日派), 민족 반역자(民族反逆者)를 타도(打倒)하자.

옆에 붉은 동그라미를 두 겹으로 친 글자가 그대로 눈앞에 선명하게 보이는 것만 같다.

어제 저물녘에 그것을 처음 보았을 때의 전율이 되살아왔다.

순간 이인국 박사는 방 쪽으로 머리를 획 돌렸다.

'나야 원 괜찮겠지……'

혼자 뇌까리면서 그는 다시 부채를 들었다.

그러나 벽보를 들여다보고 있을 때 자기와 눈이 마주치는 순간, 일그러지는 얼굴에 경멸인지 통쾌인지 모를 웃음을 비죽거리면서 아래위로 훑어보던 그 춘석(春錫)이 녀석의 모습이 자꾸만 머릿속으로 엄습하여 어두운 밤에 거미줄을 뒤집어쓴 것처럼 꺼림텁텁하기만 했다.

그깟 놈 하고 머리에서 씻어 버리려도 거머리처럼 자꾸만 감아붙는 것만 같았다.

전율(戰慄) 몹시 무섭거나 두려워 몸이 벌벌 떨림.
엄습하다(掩襲--) 감정, 생각, 감각 따위가 갑작스럽게 들이닥치거나 덮치다.
꺼림텁텁하다 마음이나 배 속이 언짢고 시원하지 않다.

벌써 육 개월 전의 일이다.

형무소에서 병보석으로 가출옥되었다는 중환자가 업혀서 왔다.

횡뎅그렁한 눈에 앙상하게 뼈만 남은 몸을 제대로 가누지도 못하는 환자, 그는 간호원의 부축으로 겨우 진찰을 받았다.

청진기의 상아 꼭지를 환자의 가슴에서 등으로 옮겨 두 줄기의 고무줄에서 감득되는 숨소리를 감별하면서도, 이인국 박사의 머릿속은 최후 판정의 분기점을 방황하고 있었다.

입원시킬 것인가, 거절할 것인가…….

환자의 몰골이나 업고 온 사람의 옷매무새로 보아 경제 정도는 뻔한 일이라 생각되었다.

그러나 그것보다도 더 마음에 켕기는 것이 있었다. 일본인 간부급들이 자기 집처럼 들락날락하는 이 병원에 이런 사상범을 입원시킨다는 것은 관선 시의원이라는 체면에서도 떳떳지 못할 뿐더러, 자타가 공인하는 모범적인 황국 신민(皇國臣民)의 공든 탑이 하루아침에 무너지는 결과를 가져오는 것이라는 생각

병보석(病保釋) 구류 중인 미결수가 병이 날 경우 그를 석방하는 일.
가출옥(假出獄) 가석방(假釋放)의 전 용어. 형기(刑期)가 끝나지 않은 죄수를 일정한 조건하에 미리 풀어 주는 행정 처분.
감득되다(感得--) 느껴서 알게 되다.
사상범(思想犯) 현존 사회 체제에 반대하는 사상을 가지고 개혁을 꾀하는 행위를 함으로써 성립하는 범죄. 또는 그런 죄를 지은 사람.
관선(官選) 국가 기관에서 가려 뽑음.
황국 신민(皇國臣民) 일제 강점기에, 천황이 다스리는 나라의 신하 된 백성이라 하여 일본이 자국민을 이르던 말.
  신민(臣民) 군주국에서 벼슬아치와 백성을 아울러 이르는 말.

이 들었다.

 순간 그는 이런 경우의 가부 결정에 일도양단*하는 자기 식으로 찰나적인 단안을 내렸다.

 그는 응급 치료만 하여 주고 입원실이 없다는 가장 떳떳하고도 정당한 구실로 애걸하는 환자를 돌려보냈다.

 환자의 집이 병원에서 멀지 않은 건너편 골목 안에 있다는 것은 후에 간호원에게서 들었다. 그러나 그쯤은 예사로운 일이었기에 그는 그대로 아무렇지도 않게 흘려버렸다.

 그런데 며칠 전 시민 대회 끝에 있은 해방 경축 시가행진을 자기도 흥분에 차 구경하느라고 혜숙이와 함께 대문 앞에 나갔다가, 자위대*완장(腕章)을 두르고 대열에 끼인 젊은이와 눈이 마주쳤다.

 이쪽을 노려보는 청년의 눈에서 불똥이 튀는 것 같은 살기를 느꼈다.

 무슨 영문인지 모르고 어리벙벙하던 이인국 박사는, 그것이 언젠가 입원을 거절당한 사상범 환자 춘석이라는 것을 혜숙에게서 듣고야 슬금슬금 주위의 눈치를 살피며 집으로 기어들어 왔다.

 그 후 그는 될 수 있는 대로 거리로 나가는 것을 피하였지마

일도양단(一刀兩斷) 1. 칼로 무엇을 대번에 쳐서 두 도막을 냄. 2. 어떤 일을 머뭇거리지 아니하고 선뜻 결정함을 비유적으로 이르는 말.
자위대(自衛隊) 자기 나라의 평화와 독립을 지키고, 나라의 안전을 유지하기 위하여 조직한 단체.

는 공교롭게도 어제 저녁에 그 벽보 앞에서 마주쳤었다.

　갑자기 밖이 와자지껄 떠들어 댔다. 머리에 깍지를 끼고 비스듬히 누워서 갈피를 잡을 수 없는 생각에 골똘하던 이인국 박사는 일어나 앉아 한길 쪽에 귀를 기울였다. 들끓는 소리는 더 커 갔다. 궁금증에 견디다 못해 그는 엉거주춤 꾸부린 자세로 밖을 내다보았다. 포도에 뒤끓는 사람들은 손에 손에 태극기와 적기(赤旗)를 들고 환성을 울리고 있었다.
　'무엇일까?'
　그는 고개를 갸웃하며 다시 자리에 주저앉았다.
　계단을 구르며 급히 올라오는 발자국 소리가 들려왔다.
　혜숙이다.
　"아마 소련군이 들어오나 봐요. 모두들 야단법석이에요……."
　숨을 헐레벌떡이며 이야기하는 혜숙이의 말에 이인국 박사는 아무 대꾸도 없이 눈만 껌벅이며 도로 앉았다. 여러 날째 라디오에서 오늘 입성 예정이라고 했으니 인제 정말 오는가 보다 싶었다.

포도(鋪道) 포장도로. 길바닥을 시멘트나 아스팔트 따위로 덮어 사람이나 자동차가 다닐 수 있도록 꾸민 비교적 넓은 길.
뒤끓다 많은 사람이나 동물 따위가 한데 섞여서 마구 움직이다.
적기(赤旗) 1. 붉은빛의 기. 2. 위험을 알리는 기. 3. 공산주의를 상징하는 기. 여기에서는 3의 의미로 쓰임.

혜숙이 내려간 뒤에도 이인국 박사는 한참 동안 아무 거동도 못 하고 바깥쪽을 내다보고만 있었다.

무엇을 생각했던지 그는 움찔 자리에서 일어났다. 그러고는 벽장문을 열었다. 안쪽에 손을 뻗쳐 액자 틀을 끄집어내었다.

국어상용(國語常用)의 가(家)✽

해방되던 날 떼어서 집어넣어 둔 것을 그동안 깜박 잊고 있었다.

그는 액자 틀 뒤를 열어 음식점 면허장 같은 두터운 모조지를 빼내어 글자 한 자도 제대로 남지 않게 손끝에 힘을 주어 꼼꼼히 찢었다.

이 종잇장 하나만 해도 일본인과의 교제에 있어서 얼마나 떳떳한 구실을 할 수 있었던 것인가. 야릇한 미련 같은 것이 섬광˙처럼 머릿속을 스쳐갔다.

환자도 일본말 모르는 축은 거의 오는 일이 없었지만 대외 관계는 물론 집 안에서도 일체 일본말만을 써 왔다. 해방 뒤 부득이˙ 써 오는 제 나라 말이 오히려 의사 표현에 어색함을 느낄 만큼 그에게는 거리가 먼 것이었다.

✽ 국어 상용의 가 국어를 일상적으로 사용하는 집. 여기에서 '국어'는 '일본어'를 가리킨다.
섬광(閃光) 순간적으로 강렬히 번쩍이는 빛.
부득이(不得已) 마지못하여 하는 수 없이.

마누라의 솔선수범하는 내조지공도 컸지만 애들까지도 곧잘 지켜 주었기에 이 종잇장을 탄 것이 아니던가. 그것을 탄 날은 온 집안이 무슨 큰 경사나 난 것처럼 기뻐들 했었다.

"잠꼬대까지 국어로 할 정도가 아니면 이 영예로운 기회야 얻을 수 있겠소." 하던 국민총력연맹 지부장의 웃음 띤 치하 소리가 떠올랐다.

그 순간, 자기 자신은 아이들을 소학교부터 일본 학교에 보낸 것을 얼마나 다행으로 여겼던 것인가.

그는 후 한숨을 내뿜었다. 그러고는 저금통장의 잔액을 깡그리 내주던 은행 지점장의 호의에 새삼 고마움을 느끼는 것이었다.

그것마저 없었더라면……. 등골에 오싹하는 한기가 느껴 왔다.

무슨 정치가 오든 그것만 있으면 시내 사람의 절반 이상이 굶어 죽기 전에야 우리 집 차례는 아니겠지. 그는 손금고가 들어 있는 안방 단스를 생각하면서 혼자 중얼거렸다.

이인국 박사는 무슨 일이 일어나도 꼭 자기만은 살아남을 것 같은 막연한 기대를 곱씹고 있다.

내조지공(內助之功) 내조의 공. 아내가 남편의 일이 잘되도록 돕는 공.
국민총력연맹(國民總力聯盟) 국민총력조선연맹. 일제 강점기 말기에 전쟁 시국에 대한 협력과 조선 민중에 대한 강력한 통제 등을 위해 조직된 친일 기구.
치하(致賀) 남이 한 일에 대하여 고마움이나 칭찬의 뜻을 표시함. 주로 윗사람이 아랫사람에게 한다.
소학교(小學校) '초등학교'의 전 용어. 아동들에게 기본적인 교육을 실시하기 위한 학교.
단스(たんす) '장롱'의 일본어. 자그마하게 만든, 옷 넣는 장.

주위가 어두워 왔다.

지축이 흔들리는 것 같은 동요와 소음이 가까워졌다. 군중들의 환호성이 터져 나왔다. 만세 소리가 연방° 계속되었다.

세상 형편을 알아보려고 거리에 나갔던 아내가 돌아왔다.

"여보, 당꾸° 부대가 들어왔어요. 거리는 온통 사람들 사태°가 났는데 집 안에 처박혀 뭘 하구 있어요……."

"뭘 하기는?"

"나가 보아요, 마우재°가 들어왔어요……."

어둠 속에서 아내의 음성은 격했으나 감격인지 당황인지 알 길이 없었다.

'계집이란 저렇게 우둔하구두° 대담한 것일까…….'

이인국 박사는 엷은 어둠 속에서 마누라 쪽을 주시하면서 입맛을 다셨다.

"불두 엽때 안 켜구."

마누라가 전등 스위치를 틀었다. 이인국 박사는 백 촉° 전등의 너무 환한 것이 못마땅했다.

연방(連方) 연속해서 자꾸.
당꾸 탱크(tank)를 일본어식으로 읽은 것.
사태(沙汰) 1. 산비탈이나 언덕 또는 쌓인 눈 따위가 비바람이나 충격 따위로 무너져 내려앉는 일. 2. 사람이나 물건이 한꺼번에 많이 쏟아져 나오는 일을 비유적으로 이르는 말. 여기에서는 2의 의미로 쓰임.
마우재 '러시아 인'의 사투리.
우둔하다(愚鈍--) 어리석고 둔하다.
촉(燭) 촉광(燭光). 예전에, 빛의 세기를 나타내던 단위.

"불은 왜 켜는 거요?"

"그럼 켜지 않구, 캄캄한데……. 자, 어서 나가 봅시다."

마누라의 이끄는 데 따라 이인국 박사는 마지못하면서 시침을 떼고 따라나섰다.

헤드라이트의 눈부신 광선. 탱크 부대의 진주는 끝을 알 수 없이 계속되고 있다.

이인국 박사는 부신 불빛을 피하면서 가로수에 기대어 섰다. 박수와 환호성, 만세 소리가 그칠 줄 모르는 양안(兩岸)˚을 끼고 탱크는 물밀듯 서서히 흘러간다. 위 뚜껑을 열고 반신을 내민 중대가리의 병정은 간간이, '우라아˚' 하면서 손을 내혼들고 있다.

이인국 박사는 자기와는 아무 관련도 없는 이방˚ 부대라는 환각을 느끼면서 박수도 환성도 안 나가는 멋쩍은 속에서 멍하니 쳐다보고만 있다. 그는 자기의 거동을 주시하지나 않나 해서 주위를 두리번거렸다.

그러나 아무도 그에게는 관심을 두는 일 없이 탱크를 향하여 목청이 터지도록 거듭 만세만 부르고 있지 않는가.

'어떻게 되겠지…….'

그는 밑도 끝도 없는 한마디를 뇌면서˚ 유유히 집으로 들어왔

양안(兩岸) 강이나 하천 따위의 양쪽 기슭. 여기에서는 도로의 양쪽 가를 가리킨다.
우라아 러시아 어로 '만세'라는 뜻의 '우라(ypa)'를 길게 발음한 것.
이방(異邦) 이국(異國). 인심, 풍속 등이 전혀 다른 남의 나라.
뇌다 지나간 일이나 한 번 한 말을 여러 번 거듭 말하다.

다.

 민요 뒤에 계속되던 행진곡이 그치고 주둔군 사령관의 포고문이 방송되고 있다.

 이인국 박사는 라디오 앞에 다가앉아 귀를 기울였다.

 시민의 생명 재산은 절대 보장한다, 각자는 안심하고 자기의 직장을 수호하라, 총기(銃器), 일본도(日本刀) 등 일체의 무기 소지는 금하니 즉시 반납하라는 등의 요지였다.

 그는 문득 단스 속에 넣어 둔 엽총(獵銃)에 생각이 미치었다. 그러면 저것도 바쳐야 하는 것일까. 영국제 쌍발, 손때 묻은 애완물같이 느껴져 누구에게 단 한 번 빌려 주지 않았던 최신형 특제품이다.

 이인국 박사는 다이얼을 돌렸다. 대체 서울에서는 어떻게들 하고 있는 것일까.

 거기도 마찬가지다. 민요가 아니면 행진곡이 나오고 그러다가는 건국준비위원회 누구인가의 연설이 계속된다.

 대체 앞으로 어떻게 될 것인가 궁금증을 해결할 방법이 없다.

 해방 직후 이삼 일 동안은 자기도 태연하였지만 번지르르하게 드나들던 몇몇 친구들도 소련군 입성이 보도된 이후부터는

포고문(布告文) 널리 펴서 알리는 글.
요지(要旨) 말이나 글 따위에서 핵심이 되는 중요한 내용.
엽총(獵銃) 사냥총. 사냥에 알맞도록 만든 총.
쌍발(雙發) 총구가 두 개인 것.
✤ 번지르르하게 문맥상 '매우 잦게'를 뜻한다. 뻔질나게.

거의 나타나질 않는다. 그렇다고 자기 자신이 뛰어다니며 물을 경황은 더욱 없다.

밤이 이슥해서야 중학교와 국민학교를 다니는 아들딸이 굉장한 구경이나 한 것처럼 탱크와 로스케의 이야기를 늘어놓으며 돌아왔다.

그들은 아버지의 심중은 아랑곳없다는 듯이 어머니, 혜숙이와 함께 저희들 이야기에만 꽃을 피우고 있었다.

이인국 박사는 슬그머니 일어나 이 층으로 올라와 다다미방에서 혼자 뒹굴었다.

앞일은 대체 어떻게 전개될 것인지, 뛰어넘을 수가 없는 큰 바다가 가로놓인 것만 같았다. 풀어낼 수 있는 실마리가 전연 더듬어지지 않는 뒤헝클어진 상념 속에서 그대로 이인국 박사는 꺼지려는 짚불을 불어 일으키는 심정으로 막연한 한 가닥의 기대만을 끝내 포기하지 않은 채 천장을 멍청히 쳐다보고만 있었다.

지난 일에 대한 뉘우침이나 가책 같은 건 아예 있을 수 없었다.

자동차 속에서 이인국 박사는 들고 나온 석간을 폈다.

국민학교(國民學校) '초등학교'의 전 용어.
로스케(←〈러〉Rusky) 러시아 사람을 낮잡아 이르는 말.
전연(全然) 전혀.

일 면의 제목을 대강 훑고 난 그는 신문을 뒤집어 꺾어 삼 면으로 눈을 옮겼다.

북한(北韓) 소련 유학생(蘇聯留學生) 서독(西獨)으로 탈출(脫出)

바둑돌 같은 굵은 활자의 제목. 왼편 전단˚을 차지한 외신 기사. 손바닥만 한 사진까지 곁들여 있다.
그는 코허리에 내려온 안경을 올리면서 눈을 부릅떴다.
그의 시각은 활자 속을 헤치고, 머릿속에는 아들의 환상이 뒤엉켜 들이차 왔다. 아들을 모스크바로 유학시킨 것은 자기의 억지에서였던 것만 같았다.
출신 계급, 성분, 어디 하나나 부합될 조건이 있었단 말인가˚. 고급 중학을 졸업하고 의과 대학에 입학된 바로 그해다.
이인국 박사는 그때나 지금이나 자기의 처세 방법에 대하여 절대적인 자신을 가지고 있다.
"얘, 너 그 노어˚ 공부를 열심히 해라."
"왜요?"
아들은 갑자기 튀어나오는 아버지의 말에 의아를 느끼면서

전단(全段) 책이나 신문 따위의 지면을 구분하는 단의 전체.
✽ 출신 계급, 성분, 어디 하나나 ~ 있었단 말인가 소련군이 다스리는 곳에서는 출신 계급과 성분이 하층민일수록 출세에 유리했으니, 이인국 박사의 아들은 상류층 출신이라 모스크바로 유학 가기에는 조건이 불리할 수밖에 없었다는 의미이다.
노어(露語) 노서아어(露西亞語). '노서아'는 '러시아'의 음역어.

꺼삐딴 리

반문했다.

"야 원식아, 별수 없다. 왜정 때는 그래도 일본말이 출세를 하게 했고 이제는 노어가 또 판을 치지 않니. 고기가 물을 떠나서 살 수 없는 바에야 그 물속에서 살 방도를 궁리해야지. 아무튼 그 노서아말 꾸준히 해라."

아들은 아버지 말에 새삼스러이 자극을 받는 것 같진 않았다.

"내 나이로도 인제 이만큼 뜨내기 회화쯤은 할 수 있는데, 새파란 너희 나쎄로야 그걸 못 하겠니."

"염려 마세요, 아버지……."

아들의 대답이 그에게는 믿음직스럽게 여겨졌다.

이인국 박사는 심각한 표정으로 말을 이었다.

"어디 코 큰 놈이라구 별것이겠니, 말 잘해서 진정이 통하기만 하면 그것들두 다 그렇지……."

이인국 박사는 끝내 스텐코프 소좌의 배경으로 요직에 있는 당 간부의 추천을 받아 아들의 소련 유학을 결정짓고야 말았다.

"여보, 보통으로 삽시다. 거저 표 나지 않게 사는 것이 이런 세상에선 가장 편안할 것 같아요. 이제 겨우 죽을 고비를 면했는데 또 쟤까지 그 '높이 드는' 복판에 휘몰아 넣으면 어쩔라구……."

"가만있어요. 호랑이두 굴에 가야 잡는 법이오. 무슨 세상이

나쎄 그만한 나이를 속되게 이르는 말.

되든 할 대로 해 봅시다."

"그래도 저 어린것을 어떻게 노서아까지 보낸단 말이오."

"아니, 중학교 애들도 가지 못해 골들을 싸매는데, 대학생이 못 가 견딜라구."

"그래도 어디 앞일을 알겠소……."

"괜한 소리, 재가 소런 바람을 쏘이구 와야 내게 허튼소리 하는 놈들도 찍소리를 못 할 거요. 어디 보란 듯이 다시 한 번 살아 봅시다."

아들의 출발을 앞두고, 걱정하는 마누라를 우격다짐으로 무마시키고 그는 아들 유학을 관철하였다.

'흥, 혁명 유가족두 가기 힘든 구멍을 친일파 이인국의 아들이 뚫었으니 어디 두구 보자…….'

그는 만장의 기염을 토하며 혼자 중얼거리고는 희망에 찬 미소를 풍겼다.

그 다음 해에 사변이 터졌다.

잘 있노라는 서신이 계속하여 왔지만 동란 후 후퇴할 때까지 소식은 두절된 대로였다.

마누라의 죽음은 외아들을 사지로 보낸 것 같은 수심에도 그

무마하다(撫摩--) 타이르고 얼러서 마음을 달래다.
관철(貫徹) 어려움을 뚫고 나아가 기어이 목적을 이룸.
만장(萬丈) 높이가 만 길이나 된다는 뜻으로, 아주 높거나 대단함을 이르는 말.
두절(杜絶) 교통이나 통신 따위가 막히거나 끊어짐.

원인이 있었다고 그는 생각하고 있다.

이인국 박사는 신문 타치키리 속에 채워진 글자를 하나도 빼지 않고 다 훑어 내려갔다.

그러나 아들의 이름에 연관되는 사연은 한마디도 없었다.

'이 자식은 무얼 꾸물꾸물하느라고 이런 축에도 끼지 못한담……. 사태를 판별하고 임기응변의 선수를 쓸 줄 알아야지, 멍추같이…….'

그는 신문을 포개어 되는대로 말아 쥐었다.

'개천에서 용마가 난다는데 이건 제 애비만도 못한 자식이야……'

그는 혀를 찍찍 갈겼다.

'어쩌면 가족이 월남한 것조차 모르고 주저하고 있는 것이나 아닐까. 아니 이제는 그쪽에도 소식이 가서 제게도 무언중의 압력이 퍼져 갈 터인데……. 역시 고지식한 놈이 아무래도 모자라……'

그는 자동차에서 내리자 건 가래침을 내뱉었다.

'독또오루 리, 내가 책임지고 보장하겠소. 아들을 우리 조국

타치키리 신문 조판에서, 일정한 단수를 정해 한곳에 갈라붙이는 것을 가리키는 일본어.
임기응변(臨機應變) 그때그때 처한 사태에 맞추어 즉각 그 자리에서 결정하거나 처리함.
선수(先手) 남이 하기 전에 앞질러 하는 행동.
멍추 기억력이 부족하고 매우 흐리멍덩한 사람을 낮잡아 이르는 말.
갈기다 혀를 세차게 차다.
건(乾) 마른.
독또오루 박사, 의사를 뜻하는 'doctor'의 러시아 어.

소련에 유학시키시오.'

스텐코프의 목소리가 고막에 와 부딪는 것만 같았다.

자위대가 치안대로 바뀐 다음 날이다. 이인국 박사는 치안대에 연행되었다.

시멘트 바닥에 무릎을 꿇고 앉은 그는 입술이 파랗게 질려 있었다. 하반신이 저려 오고 옆구리가 쑤신다. 이것만으로도 자기의 생애를 통한 가장 큰 고역이라고 그는 생각하고 있다. 그러나 그것보다는 앞으로 닥쳐올 예기할 수 없는 사태가 공포 속에 그를 휘몰았다.

지나가고 지나오는 구둣발 소리와 목덜미에 퍼부어지는 욕설을 들으면서 꺾이듯이 축 늘어진 그의 머리는 들릴 줄을 몰랐다.

시간만이 흘러가고 있었다.

그의 머릿속에는 짓눌렸던 생각들이 하나씩 꼬리를 치켜들기 시작했다.

'이럴 줄 알았더라면 어디든지 가 숨거나, 진작 남으로라도 도피했을 걸……. 그러나 이 판국에 나를 감싸 줄 사람이 어

치안대(治安隊) 치안을 목적으로 조직·편성한 부대.
❀ 자위대가 치안대로 바뀐 자위대는 국가 권력이 없는 상태에서 시민들이 자발적으로 질서를 유지하기 위해 만든 조직이며, 치안대는 국가 권력이 조직한 부대라는 점에서 차이가 있다. 곧 소련군이 진주하면서 시민들의 자발적인 조직인 자위대를 해산시키고 치안대를 조직하여 질서 유지에 나섰음을 의미한다.

디 있담. 의지할 만한 곳은 다 나와 같은 코스를 밟았거나 조만간에 밟을 사람들이 아닌가. 일본인! 가장 믿었던 성벽이 다 무너지고 난 지금 누구를……'

'그래도 어떻게 되겠지……'

이 막연한 기대는 절박한 이 순간에도 그에게서 완전히 떠나 버리지는 않았다.

'다행이다. 인민재판˙의 첫코˙에 걸리지 않은 것만 해도. 끌려간 사람들의 행방은 전연 알 길이 없다. 즉결 처형을 당하였다는 소문도 떠돈다. 사흘의 여유만 더 있었더라면 나는 이미 이곳을 떴을는지도 모른다. 다 운명이다. 아니 그래도 무슨 수가 있겠지……'

"쪽발이˙끄나풀, 야 이 새끼야."

고함 소리에 놀라 이인국 박사는 흠칫 머리를 들었다.

때도 묻지 않은 일본 병사 군복에 완장을 찬 젊은이가 쏘아보고 있다. 춘석이다.

이인국 박사는 다시 쳐다볼 힘도 없었다. 모든 사태는 짐작되었다.

이제는 죽는구나, 그는 입속으로 뇌까렸다.

인민재판(人民裁判) 공산주의 국가에서, 일정한 자격을 갖춘 법관 대신 인민이 뽑은 사람이 대중 앞에서 그들을 배심으로 삼아 심판하는 방식의 재판.
첫코 '맨 첫머리'를 이르는 사투리.
쪽발이 일본 사람을 낮잡아 이르는 말. 엄지발가락과 나머지 발가락들을 가르는 게다를 신는다는 데서 온 말이다.

"왜놈의 밑바시, 이 개새끼야."

일본 군용화가 그의 옆구리를 들이찬다.

"이 새끼, 어디 죽어 봐라."

구둣발은 앞뒤를 가리지 않고 전신을 내지른다.

등골 척수에 다급한 충격을 받자 이인국 박사는 비명을 지르고 꼬꾸라졌다.

그는 현기증을 일으켰다. 어깻죽지를 끌어 바로 앉혀도 몸을 가누지 못하고 한쪽으로 쓰러졌다.

"민족과 조국을 팔아먹은 이 개돼지 같은 놈아, 너는 총살이야, 총살······."

어렴풋이 꿈속에서처럼 들려왔다. 그러나 그에게는 그 말도 아무런 반향을 일으키지 못했다.

시간이 얼마나 흘렀을까, 자기 앞자락에서 부스럭거리는 감촉과 금속성의 부닥거리는 소리를 듣고 어렴풋이 정신을 차렸다.

노란 털이 엉성한 손목이 시곗줄을 끄르고 있다. 그는 반사적으로 앞자락의 시계 주머니를 부둥켜 쥐면서 손의 임자를 힐끔 쳐다보았다. 눈동자가 파란 중대가리 소련 병사가 시곗줄을 거머쥔 채 이빨을 드러내고 히죽이 웃고 있다.

그는 두 손으로 있는 힘을 다해 양복 안주머니를 감싸 쥐었다.

밑바시 '밑받이'를 가리키는 사투리. '기저귀', '똥걸레'의 뜻.
반향(反響) 어떤 사건이나 발표 따위가 세상에 영향을 미치어 일어나는 반응.

"흥…… 야뽄스키……."

병사의 눈동자는 점점 노기를 띠어 갔다.

"아니, 이것만은!"

그들의 대화는 서로 통하지 않는 대로 손아귀와 눈동자의 대결은 그대로 지속되고 있다.

병사는 됫박만 한 손으로 이인국 박사의 손을 뿌리치면서 시계를 채어 냈다. 시곗줄은 끊어져 고리가 달린 끝머리가 이인국 박사의 손가락 끝에서 달랑거렸다.

병사는 밖으로 나가 버렸다.

'죽음과 시계…….'

이인국 박사는 토막 난 푸념을 되풀이하고 있다.

양쪽 팔목에 팔뚝시계를 둘씩이나 차고도 또 만족이 안 가 자기의 회중시계까지 앗아 가는 그 병정의 모습을 머릿속에 똑똑히 되새겨 갈 뿐이다.

감방 속은 빼곡히 찼다.

그러나 고참자와 신입자의 서열은 분명했다. 달포가 지나는 사이에 맨 안쪽 똥통 위에 자리 잡았던 이인국 박사는 삼분지

야뽄스키 '일본인'을 뜻하는 러시아 어.
됫박 1. '되'를 속되게 이르는 말. 2. 되 대신 쓰는 바가지.
  되 곡식, 가루, 액체 따위를 담아 분량을 헤아리는 데 쓰는 그릇. 주로 사각형 모양의 나무로 되어 있다.

이의 지점으로 점차 승격되었다.

그는 하루 종일 말이 없었다. 범인 속에 섞여 있던 감방 밀정˙이 출감된 다음 날부터 불평만을 늘어놓던 축들이 불려 나가 반송장이 되어 들어왔지만, 또 하루 이틀이 지나자 감방 속의 분위기는 여전히 불평과 음식 이야기로 소일˙되었다.

이인국 박사는 자기의 죄상이라는 것을 폭로하기도 싫었지만 예전에 고등계 형사들에게 실컷 얻어들은 지식이 약이 되어 함구령˙이 지상˙ 명령이라는 신념을 일관하고 있었다.

그는 간밤에 출감한 학생이 내던지고 간 노어(露語) 회화 책을 첫 장부터 곰곰이 뒤지고 있을 뿐이다.

등골이 쏘고 옆구리가 결려 온다. 이것으로 고질이 되는가 하는 생각이 없지 않다. 아침저녁으로 기온이 사뭇 내려가고 있다. 아무리 체념한다면서도 초조감을 막을 길 없다.

노어 책을 읽으면서도 그의 청각은 늘 감방 속의 이야기를 놓치지 않고 있다. 그들이 예측하는 식대로의 중형˙으로 치른다면 자기의 죄상은 너무도 어마어마하다. 양곡 조합의 쌀을 몰래 팔아먹은 것이 7년, 양민을 강제로 보국대˙에 동원했다는 것이 10

밀정(密偵) 남몰래 사정을 살핌. 또는 그런 사람.
소일(消日) 하는 일 없이 세월을 보냄.
함구령(緘口令) 어떤 일의 내용을 말하지 말라는 명령. 여기에서는 이인국 박사가 자신에게 내리는 명령이다.
지상(至上) 가장 높은 위.
중형(重刑) 아주 무거운 형벌.
보국대(報國隊) 일제 강점기에, 우리나라 사람을 강제 노동에 동원하기 위하여 만든 노무대.

년, 감정적인 즉결이 아니라 법에 의한 처단이라고 내대지만 이 난리 판국에 법이고 뭣이고 있을까, 마음에만 거슬리면 총살일 판인데…….

'친일파, 민족 반역자, 반일 투사 치료 거부, 일제의 간첩 행위…….'

이건 너무도 어마어마한 죄상이다. 취조할 때 나열하던 그대로 한다면 고작해야 무기 징역, 사형감일지도 모른다.

그는 방 안을 둘러보며 후 큰숨을 내쉬었다.

처마 밑에 바싹 달라붙은 환기창에서 들이비치던 손수건만한 햇살이 참대자처럼 길어졌다가 실오리만큼 가늘게 떨리며 사라졌다. 그 창살을 거쳐 아득히 보이는 가을 하늘이, 잊었던 지난 일을 한 덩어리로 얽어 휘몰아 오곤 했다. 가슴이 찌릿했다.

밖의 세계와는 영원한 단절이다.

그는 눈을 감았다. 마누라, 아들, 혜숙이, 누구누구……. 그러다가 외과계의 원로 이인국 박사에 이르자, 목구멍이 타는 것같이 꽉 막혔다.

그는 헛기침을 하고 침을 삼켰다.

'그럼, 어쩐단 말이야, 식민지 백성이 별수 있었어. 날구 뛴들 소용이 있었느냐 말이야. 어느 놈은 일본놈한테 아첨을 안

내대다 요구나 조건, 주장 따위를 강력하게 제시하다.
참대자 참대(왕대, 왕죽)로 만든 자.

했어. 주는 떡을 안 먹은 놈이 바보지. 흥, 다 그놈이 그놈이었지.'

이인국 박사는 자기변명을 합리화시키고 나면 가슴이 좀 후련해 왔다.

거기다 어저께의 최종 취조 장면에서 얻은 소련 고문관*의 표정은 그에게 일루*의 희망을 던져 주는 것이 있었다. 물론 그것이 억지의 자위일지도 모른다고 생각되었지만.

아마 스텐코프 소좌라고 했지. 그 혹부리 장교. 직업이 의사라고 했을 때, 독또오루 하고 고개를 기웃거리던 순간의 표정, 그것이 무슨 기적의 예시 같기만 했다.

이인국 박사는 신음 소리에 놀라 눈을 떴다.

복도에 켜 있는 엷은 전등 불빛이 쇠창살을 거쳐 방 안에 줄무늬를 놓으며 비쳐 들어왔다. 그는 환기창 쪽을 올려다보았다. 아직도 동도 트지 않은 깜깜한 밤이다.

생똥 냄새가 코를 찌른다. 바짓가랑이 한쪽이 축축하다. 만져 본 손을 코에 갖다 댔다. 구역질이 난다. 역시 똥 냄새다.

옆에 누운 청년의 앓는 소리는 계속되고 있다. 찬찬히 눈여겨보았다. 청년 궁둥이도 젖어 있다.

고문관(顧問官) '자문(諮問)에 응하여 의견을 말하는 직책을 맡은 관리'라는 뜻이나, 여기서는 '심문을 맡은 관리' 정도의 의미인 듯하다.
일루(一縷) 한 오리의 실이라는 뜻으로, 몹시 미약하거나 불확실하게 유지되는 상태를 이르는 말.

'설산가 부다.'

그는 살창문을 흔들며 교화소원˙을 고함쳐 불렀다.

"뭐야!"

자다가 깬 듯한 흐린 소리가 들려왔다.

"환자가……. 이거, 이거 봐요."

창살 사이로 들여다보는 소원의 얼굴은 역광˙ 속에서 챙 붙은 모자 밑의 둥그스름한 윤곽밖에 알려지지 않는다.

이인국 박사는 청년의 궁둥이께를 손가락으로 가리키며 들여다보고 있다.

"이거, 피로군, 피야."

그는 그제야 붉은빛을 발견하곤 놀란 소리를 쳤다.

"적리˙야, 이질˙……."

그는 직업의식에서 떠오르는 대로 큰 소리를 질렀다.

"뭐, 적리?"

바깥 소리는 확실히 납득이 안 간 음성이다.

"피똥 쌌소, 피똥을……. 이것 봐요."

그는 언성을 더욱 높였다.

교화소(教化所) '교도소'의 전 용어. 형의 집행 사무를 맡아보는 기관. 징역형이나 금고형, 노역장 유치나 구류 처분을 받은 사람, 재판 중에 있는 사람 등을 수용하는 시설이다.
역광(逆光) 역광선(逆光線). 대상이 되는 물체의 배후에서 비치는 광선.
적리(赤痢) 급성 전염병인 이질의 하나. 여름철에 많이 발생하며, 입을 통하여 전염하여 2~3일 동안의 잠복기가 지난 후, 발열과 복통이 따르고 피와 곱이 섞인 대변을 누게 된다.
이질(痢疾) 변에 곱이 섞여 나오며 대변이 잦은 증상을 보이는 법정 전염병.
 곱 이질에 걸린 사람의 똥에 섞여 나오는, 회거나 피가 섞여 불그레한 점액.

"응, 피똥……."

아우성 소리에 감방 안의 사람들은 하나 둘 눈을 뜨며 저마다 놀란 소리를 쳤다.

"적리, 이거 전염병이요, 전염병."

"뭐 전염병……."

그제야 교화소원이 문을 열고 들어왔다.

얼마 후 환자는 격리되었고 남은 사람들은 똥을 닦느라고 한참 법석을 치고 다시 잠을 불러일으키질 못했다.

이튿날 미결감˙ 다른 감방에서 또 같은 증세의 환자가 두셋 발생했다. 날이 갈수록 환자는 늘기만 했다.

이 판국에 병만 나면 열의 아홉은 죽는 길밖에 없다고 생각한 이인국 박사는 새로운 위협에 사로잡히기 시작했다.

저녁 후 이인국 박사는 고문관실로 불려 나갔다.

"동무는 당분간 환자의 응급 치료실에서 일하시오."

이게 무슨 청천벽력˙ 같은 기적일까, 그는 통역의 말을 의심했다.

소련 장교와 통역관을 번갈아 쳐다보는 그의 눈동자는 생기를 띠어 갔다.

격리(隔離) 전염병 환자나 면역성이 없는 환자를 다른 곳으로 떼어 놓음.
미결감(未決監) 미결수를 가두어 두는 감방.
　미결수(未決囚) 법적 판결이 나지 않은 상태로 구금되어 있는 피의자 또는 형사 피고인.
청천벽력(靑天霹靂) 맑게 갠 하늘에서 치는 날벼락이라는 뜻으로, 뜻밖에 일어난 큰 변고나 사건을 비유적으로 이르는 말.

꺼삐딴 리

"알겠소, 엥……?"

"네."

다짐에 따라 이인국 박사는 기쁨을 억지로 감추며 평범한 어조로 대답했다.

'글쎄 하늘이 무너져도 솟아날 구멍은 있다니까.'

그는 아무 표정도 나타내지 않으려고 이를 악물었다.

죽어 넘어진 송장이 개 치우듯 꾸려져 나가는 것을 보고 이인국 박사는 꼭 자기 일같이만 느껴졌다.

"의사, 이것은 나의 천직이다."

그는 몇 번이고 감격에 차 중얼거렸다. 그는 있는 힘을 다해 자기 담당의 환자를 치료했다. 이러한 일은 그의 실력이 혹부리 고문관의 유다른 관심을 끌게 한 계기를 만들어 주었다.

사상범을 옥사시키는 경우는 책임자에게 큰 문책이 온다는 것은 훨씬 후에야 그가 안 일이다.

소련 군의관에게 기술이 인정된 이인국 박사는 계속 병원에 근무하게 되었다. 그러나 죄상 처벌의 결말에 대하여는 알 길이 없었다.

그는 이 절호의 기회를 최대한으로 활용하고 싶었다. 이제는 죽어도 한이 없을 것만 같았다.

유다르다(類---) 여느 것과는 아주 다르다.

어떻게 하여 이 보이지 않는 구속에서까지 완전히 벗어날 수는 없을까.

그는 환자의 치료를 하면서도 늘 스텐코프의 왼쪽 뺨에 붙은 오리알만 한 혹을 생각하고 있었다.

불구라면 불구로 볼 수 있는 그 혹을 가지고 고급 장교에까지 승진했다는 것은, 소위 말하는 당성(黨性)이 강하거나 그렇지 않으면 전공(戰功)이 특별했음에 틀림없다는 생각이 들었다.

그것 하나만 물고 늘어지면 무엇인가 완전히 살아날 틈사구가 생길 것만 같았다.

이인국 박사의 뜨내기 노어도 가끔 순시하는 스텐코프와 인사말은 주고받을 수 있을 정도로 진전되었다.

이 안에서의 모든 독서는 금지되었지만 노어 교본과 당사(黨史)만은 허용되었다.

이인국 박사는 마치 생명의 열쇠나 되는 듯이 초보 노어 책을 거의 암송하다시피 했다.

크리스마스를 전후하여 장교들의 주연이 베풀어지는 기회가 거듭되었다.

당성(黨性) 당원이 자신이 속한 당의 이익을 위하여 거의 무조건 가지는 충실한 마음과 행동.
전공(戰功) 전투에서 세운 공로.
틈사구 '틈새기'의 사투리. 틈의 아주 좁은 부분.
당사(黨史) '당의 역사'라는 뜻인데, 여기서는 '소련공산당사'를 말한다.
주연(酒宴) 술잔치. 술을 마시며 즐겁게 노는 잔치.

얼근히 주기를 띤 스텐코프가 순시를 돌았다.

이인국 박사는 오늘의 이 기회를 놓치지 않겠다고 마음먹었다.

수일 전 소군 장교 한 사람이 급성 맹장염이 터져 복막염으로 번졌다.

그 환자의 실을 뽑는 옆에 온 스텐코프에게 이인국 박사는 말 절반 손짓 절반으로 혹을 수술하겠다는 의사를 표명했다.

스텐코프는 '하라쇼*'를 연발했다.

그 후 몇 번 통역을 사이에 두고 수술 계획에 대한 자세한 의사를 진술할 기회가 생겼다.

이인국 박사는 일본인 시장의 혹을 수술하던 일을 회상하면서 자신 있는 설복*을 했다.

'동경 경응대학 병원에서도 못 하겠다는 것을 내가 거뜬히 해치우지 않았던가.'

그는 혼자 머릿속에서 자문자답하면서 이번 일에 도박 같은 심정으로 생명을 걸었다.

소련 군의관을 입회시키고 몇 차례의 예비 진단이 치러졌다.

수술일은 왔다.

이인국 박사는 손에 익은 자기 병원의 의료 기재를 전부 운반하여 오게 했다.

하라쇼 '좋습니다'라는 뜻의 러시아 어.
설복(說伏/說服) 알아듣도록 말하여 수긍하게 함.

군의관 세 사람이 보조하기로 했지만 집도는 이인국 박사 자신이 했다. 야전 병원의 젊은 군의관들이란 그에게 있어선 한갓 풋내기로밖에 보이지 않았다.

그는 수술을 진행하는 동안 그들 군의관들을 자기 집 조수 부리듯 했다. 집도 이후의 수술대는 완전히 자기 전단하의 왕국이라고 생각되었다.

그러나 아까 수술 직전에 사인한, 실패되는 경우에는 총살에 처한다는 서약서가 통일된 정신을 순간순간 흐려 놓곤 한다.

수술대에 누운 스텐코프의 침착하면서도 긴장에 찼던 얼굴, 그것도 전신 마취가 끝난 후 삼 분이 못 갔다.

간호부는 가제로 이인국 박사의 이마에 내맺힌 땀방울을 연방 찍어 내고 있다.

기구가 부딪는 금속성과 서로의 숨소리만이 고촉의 반사등이 내리비치는 방 안의 질식할 것 같은 침묵을 혜살 짓고 있다.

수술은 예상 이상의 단시간으로 끝났다.

위생복을 벗은 이인국 박사의 전신은 땀으로 흠뻑 젖었다.

야전 병원(野戰病院) 싸움터에서 생기는 부상병을 일시적으로 수용하고 치료하기 위하여 전투 지역에서 가까운 후방에 설치하는 병원.
전단(專斷) 혼자 마음대로 결정하고 단행함.
가제(Gaze) '거즈'의 독일어.
　거즈(gauze) 가볍고 부드러운 무명베. 흔히 붕대로 사용한다.
고촉(高燭) 밝기의 도수가 높은 촉광.
혜살 일을 짓궂게 훼방함. 또는 그런 짓.

완치되어 퇴원하는 날 스텐코프는 이인국 박사의 손을 부서져라 쥐면서 외쳤다.

"꺼삐딴 리, 스빠씨보."

이인국 박사는 입을 헤벌리고 웃기만 했다. 마음의 감옥에서 해방된 것만 같았다.

"아진, 아진……. 오첸 하라쇼."

스텐코프는 엄지손가락을 높이 들면서 네가 첫째라는 듯이 이인국 박사의 어깨를 치며 찬양했다.

다음 날 스텐코프는 이인국 박사를 자기 방으로 불렀다.

그가 이인국 박사에게 스스로 손을 내밀어 예절적인 악수를 청한 것은 이것이 처음이었다.

'적과 적이 맞부딪치면서 이렇게 백팔십도로 전환될 수가 있을까, 노랑대가리도 역시 본심에서는 하나의 인간임에는 틀림없는 것이 아닌가.'

"내일부터는 집에서 통근해도 좋소."

이인국 박사는 막혔던 둑이 터지는 것 같은 큰숨을 삼켜 가면서 내쉬었다.

이번에는 이인국 박사가 스텐코프의 손을 잡았다.

"스빠씨보, 스빠씨보."

스빠씨보 '고맙소'라는 뜻의 러시아 어.
아진 '아주'라는 뜻의 러시아 어.
오첸 하라쇼 '참으로 좋소'라는 뜻의 러시아 어.

"혹 나한테 무슨 부탁이 없소?"

이인국 박사는 문득 시계가 머리에 떠올랐다.

그러면서도 곧이어 이 마당에 그런 이야기를 꺼낸다는 것은 오히려 꾀죄죄하게 보이지 않을까 하는 생각이 뒤따랐다. 그러나 아무래도 그 미련이 가셔지지 않았다.

이인국 박사는 비록 찾지 못하는 경우가 있더라도 솔직히 심중을 털어놓으리라고 마음먹었다.

그는 통역의 보조를 받아 가며 시간과 장소를 정확히 회상하면서 시계를 약탈당한 경위를 상세히 설명했다.

스텐코프는 혹이 붙었던 뺨을 쓰다듬으면서 긴장된 모습으로 듣고 있었다.

"염려 없소, 독또오루 리. 위대한 붉은 군대가 그럴 리가 없소. 만약 있었다 하더라도 그것은 무슨 착각이었을 것이오. 내가 책임지고 찾도록 하겠소."

스텐코프의 얼굴에 결의를 띤 심각한 표정이 스쳐 가는 것을 이인국 박사는 똑바로 쳐다보았다.

'공연한 말을 끄집어내어 일껏 잘 되어 가는 일에 부스럼을 만드는 것은 아닐까.'

그는 솟구치는 불안과 후회를 짓눌렀다.

"안심하시오, 독또오루 리, 하하하."

약탈(掠奪) 폭력을 써서 남의 것을 억지로 빼앗음.

스텐코프는 큰 웃음으로 넌지시 말끝을 막았다.

이인국 박사는 죽음의 직전에서 풀려나 집으로 향했다.

어느 사이에 저렇게 노어로 의사 표시를 할 수 있게 되었느냐고 스텐코프가 감탄하더라는 통역의 말을 되뇌면서…….

차가 브라운 씨의 관사 앞에 닿았다.

성조기(星條旗)를 보면서 이인국 박사는 그날의 적기(赤旗)와 돌려 온 시계를 생각했다.

응접실에 안내된 이인국 박사는 주인이 나오기를 기다리면서 방 안을 둘러보았다. 대사관으로는 여러 번 찾아갔지만 집으로 찾아온 것은 이번이 처음이다.

삼 년 전 딸이 미국으로 갈 때부터 신세 진 사람이다.

벽 쪽 책꽂이에는 『이조실록(李朝實錄)』, 『대동야승(大東野乘)』 등 한적(漢籍)이 빼곡히 차 있고 한쪽에는 고서(古書)의 질책(帙冊)이 가지런히 쌓여져 있다.

맞은편 책장 위에는 작은 금동 불상(金銅佛像) 곁에 몇 개의 골동품이 진열되어 있다. 십이 폭 예서(隸書) 병풍 앞 탁자 위에

관사(官舍) 관청에서 관리에게 빌려 주어 살도록 지은 집.
한적(漢籍) 한문으로 쓴 책.
질책(帙冊) 여러 권으로 한 벌을 이루는 책.
예서(隸書) 한자 글씨체의 하나. 천한 일을 하는 노예라도 이해하기 쉬운 글씨체라는 뜻으로, 중국 진(秦)나라 때 전서(篆書)의 번잡함을 생략하여 만든 것이다. 획마다 물결 모양이며, 가로획의 끝을 오른쪽으로 빼는 것이 특징이다.

놓인 재떨이도 세월의 때 묻은 백자기다.

　저것들도 다 누군가가 가져다준 것이 아닐까 하는 데 생각이 미치자 이인국 박사는 얼굴이 화끈해졌다.

　그는 자기가 들고 온 상감 진사(象嵌辰砂) 고려청자 화병에 눈길을 돌렸다. 사실 그것을 내놓는 데는 얼마간의 아쉬움이 없지 않았다. 국외로 내보낸다는 자책감 같은 것은 아예 생각해 본 일이 없는 그였다.

　차라리 이인국 박사에게는, 저렇게 많으니 무엇이 그리 소중하고 달갑게 여겨지겠느냐는 망설임이 더 앞섰다.

　브라운 씨가 나오자 이인국 박사는 웃으며 선물을 내어놓았다. 포장을 풀고 난 브라운 씨는 만면에 미소를 띠며 기쁨을 참지 못하는 듯 댕큐를 거듭 부르짖었다.

　"참 이거 귀중한 것입니다."

　"뭐 대단한 것이 아닙니다만 그저 제 성의입니다."

　이인국 박사는 안도감에 잇닿는 만족을 느끼면서 브라운 씨의 기쁨에 맞장구를 쳤다.

　브라운 씨의 영어 반 한국말 반으로 섞어 하는 이야기를 들으면서 이인국 박사는 흐뭇한 기분에 젖었다.

상감 진사(象嵌辰砂) '상감'은 '금속이나 도자기, 목재 따위의 표면에 여러 가지 무늬를 새겨서 그 속에 같은 모양의 금, 은, 보석, 뼈, 자개 따위를 박아 넣는 공예 기법'을 말하며, '진사'는 '수은으로 이루어진 황화 광물'이다. 상감 진사는 상감 기법을 사용한 데다가 진사로 채색을 하였다는 의미이다.
만면(滿面) 온 얼굴.

"닥터 리는 영어를 어디서 배웠습니까?"

"일제 시대에 일본말 식으로 배웠지요. 예를 들면 '잣도 이즈 아 캇도' 식으루요."

"그런데 지금 발음은 좋은데요. 문법이 아주 정확한 스탠더드 잉글리시입니다."

그는 이 말을 들을 때 문득 스텐코프의 말이 연상됐다. 그러고 보면 영국에 조상을 가진다는 브라운 씨는 알(R) 발음을 그렇게 나타내지 않는 것 같게 여겨졌다.

"얼마 전부터 개인 교수를 받고 있습니다."

"아, 그렇습니까."

이인국 박사는 자기의 어학적 재질에 은근히 자긍을 느꼈다.

브라운 씨가 부엌 쪽으로 갔다 오더니 양주 몇 병이 놓인 쟁반이 따라 나왔다.

"아무거라도 마음에 드는 것으로 하십시오."

이인국 박사는 보드카 잔을 신통한 안주도 없이 억지로라도 단숨에 들이켜야 속 시원해하던 스텐코프를 브라운 씨 얼굴에 겹쳐 보고 있다.

그는 혈압 때문에 술을 조절해야 하는 자기 체질에 알맞게 스카치 잔을 핥듯이 조금씩 목을 축이면서 브라운 씨의 이야기를 기다렸다.

자긍(自矜) 스스로에게 긍지를 가짐. 또는 그 긍지.

"그거, 국무성에서 통지 왔습니다."

이인국 박사는 뛸 듯이 기뻤으나 솟구치는 흥분을 억제하면서 천천히 손을 내밀어 악수를 청했다.

"땡큐, 땡큐."

어쩌면 이것은 수술 후의 스텐코프가 자기에게 하던 방식 그대로인지도 모른다는 생각이 들었다.

이인국 박사는 지성이면 감천이라구*, 나의 처세법은 유에스에이에도 통하는구나 하는 기고만장한 기분이었다.

청자 병을 몇 번이고 쓰다듬으면서 술잔을 거듭하는 브라운 씨도 몹시 즐거운 기분이었다.

"미국에 가서의 모든 일도 잘 부탁합니다."

"네, 염려 마십시오. 떠나실 때 소개장을 써 드리지요."

"감사합니다."

"역사는 짧지만, 미국은 지상의 낙토입니다. 양국의 우호와 친선에 도움이 되기를 바랍니다."

"땡큐……."

다음 날 휴전선 지대로 같이 수렵하러 가기로 약속하고 이인국 박사는 브라운 씨 대문을 나섰다.

국무성(國務省) 외교 정책을 담당하는 미국의 연방 행정 기관.
✣ 지성(至誠)이면 감천(感天)이라구 정성이 지극하면 하늘도 감동한다는 뜻으로, 무슨 일이든지 정성을 다하면 어려운 일도 이룰 수 있다는 말.
낙토(樂土) 늘 즐겁고 행복하게 살 수 있는 좋은 땅.
수렵(狩獵) 사냥. 총이나 활 또는 길들인 매나 올가미 따위로 산이나 들의 짐승을 잡는 일.

이번 새로 장만한 영국제 쌍발 엽총의 짙푸른 총신을 머리에 그리면서 그의 몸은 날기라도 할 듯이 두둥실 가벼웠다. 이인국 박사는 아까 수술한 환자의 경과가 궁금했으나 그것은 곧 씻겨져 갔다.

그의 마음속에는 새로운 포부와 희망이 부풀어 올랐다.

신체검사는 이미 끝난 것이고 외무부 출국 수속도 국무성 통지만 오면 즉일 될 수 있게 담당 책임자에게 교섭이 되어 있지 않은가? 빠르면 일주일 내에 떠나게 될지도 모른다는 브라운 씨의 말이 떠올랐다.

대학을 갓 나와 임상 경험도 신통치 않은 것들이 미국에만 갔다 오면 별이라도 딴 듯이 날치는 꼴이 눈꼴사나웠다.

'어디 나두 댕겨오구 나면 보자!'

문득 딸 나미와 아들 원식의 얼굴이 한꺼번에 망막으로 휘몰아 왔다. 그는 두 주먹을 불끈 쥐며 얼굴에 경련을 일으키듯 긴장을 띠다가 어색한 미소를 흘려 보냈다.

'흥, 그 사마귀 같은 일본놈들 틈에서도 살았고 닥싸귀 같은 로스케 속에서도 살아났는데, 양키라고 다를까⋯⋯. 혁명이

총신(銃身) 총열(銃-). 총알이 나가는 방향을 정하여 주는 총의 한 부분. 긴 원통 모양의 강철로 되어 있다.
즉일(卽日) 당일, 바로 그 날.
임상(臨床) 실제로 환자를 진료하는 일.
날치다 자기 세상인 것처럼 날뛰며 기세를 올리다.
경련(痙攣) 근육이 별다른 이유 없이 갑자기 수축하거나 떨게 되는 현상.
닥싸귀 열매에 갈고리가 있어 옷에 잘 붙는 도깨비바늘 또는 도꼬마리의 방언.

일겠으면 일구, 나라가 바뀌겠으면 바뀌구, 아직 이 이인국의 살 구멍은 막히지 않았다. 나보다 얼마든지 날뛰던 놈들도 있는데, 나쯤이야…….'

그는 허공을 향하여 마음껏 소리치고 싶었다.

'그러면 우선 비행기 회사에 들러 형편이나 알아볼까…….'

이인국 박사는 캘리포니아 특산 시가를 비스듬히 문 채 지나가는 택시를 불러 세웠다.

그는 스프링이 튈 듯이 복스에 털썩 주저앉았다.

"반도 호텔로……."

차창을 거쳐 보이는 맑은 가을 하늘은 이인국 박사에게는 더욱 푸르고 드높게만 느껴졌다.

* '까삐딴'은 영어의 Captain에 해당하는 노어(露語)다. 8·15 광복 직후 소련군이 북한에 진주하자 '까삐딴'이 '우두머리'나 '최고'라는 뜻으로 많이 쓰였는데, 그 발음이 와전되어 '꺼삐딴'으로 통용되었다.

■「사상계」(1962. 7) ; 『현대한국문학전집5 – 전광용 외』(신구문화사, 1981)

와전(訛傳) 사실과 다르게 전함.

꺼삐딴 리 **작품 해설**

● 등장인물 들여다보기

이인국 박사

작품의 주인공으로, 현재 서울에서 병원을 경영하고 있는 의사입니다. 이십여 년이 지나면 자신이 70이 넘은 노인이 되어 있을 것이라고 예상하고 있으므로 현재 나이는 50대라 할 수 있어요.

일제 강점기 때 의대를 졸업한 후 의사로 일하면서 일본인 등 유력 인사들만을 치료하고 집안에서는 늘 일본어를 사용해서 '일본어를 늘 사용하는 집안'이라는 명패까지 받을 만큼 친일파로 살았어요. 그러다가 해방이 되고 소련군이 진주하자 (그가 살았던 곳은 삼팔선 이북이었나 봐요.) 친일파로 몰려 구속되었으나 전염병인 적리에 걸린 같은 방 죄수를 발견한 일을 계기로 응급 치료실에서 일하게 되고, 나아가 소련군 고문관인 스텐코프 소좌의 혹을 치료해 주면서 북한에서도 출세의 길을 걷지요. 6·25 전쟁이 끝난 뒤에는 월남해서 딸을 미국에 유학 보내고 자신도 미 대사관 직원인 브라운 씨에게 고려청자를 뇌물로 주고는 '가장 대우가 좋다는 미 국무성 초청 케이스'로 미국을 다녀오려 하고 있어요. 지금도 상류층을 상대로 병원 경영을 잘하고 있으나 "대학을 갓 나와 임상 경험도 신통치 않은 것들이 미국에만 갔다 오면 별이라도 딴 듯이 날치는 꼴이 눈꼴사나"워서 미국에 다녀오려는 거예요. 그러므로 일제 강점기에는 친일파였다가 해방 직후 이북에서는 친소파로 변신하였으며, 6·25 전쟁 이후에는 남한에 정착하여 친미파로 변신하고 있어, 처세에 능한 인물이라 할 수 있어요.

스텐코프 소좌

해방 직후 우리나라 이북에 진주한 소련군의 고문관으로서, 이인국 박사가 친소파가 되는 데 계기가 되어 주는 인물이에요. 이인국 박사가 친일파로 구속되어 있다가 감옥 내에서 적리 환자를 발견하자 그를 응급 치료실의 의사로 일하게 해 주고, 또 자신의 혹을 떼어 내는 수술에 성공하자 그를 석방해 주며, 그의 아들을 소련으로 유학 보내도록 부추기고 나아가 유학이 가능하도록 힘을 써 주지요. 친일을 한 혐의로 구속되어 있는 주인공을 개인적인 이해관계에 입각해서 풀어 주는 부패한 면모를 보이는 인물입니다.

브라운 씨

현재 주한 미국 대사관의 직원으로 이인국 박사에게 뇌물을 받고 미국 국무성이 이인국 박사의 비자를 내주도록 알선해 주는 인물이에요. 집에 우리나라의 온갖 골동품들이 쌓여 있는 것으로 보아 뇌물 수수에 능한, 스텐코프 소좌 못지않게 부패한 관료임을 알 수 있지요.

● 작품 Q&A

"선생님, 궁금해요!"

Q 이 작품의 배경에 대해 설명해 주세요. 특히 공간적 배경이 어떻게 되는지 모호하네요.

A 이 작품은 현재 시점에서 과거를 회상하는 형식을 취하고 있어요. 이른바 시간의 역전 구성이지요. 그러므로 시간적 배경도 현재와 과거를 나누어서 따져 보아야 해요. 현재는 별다른 언급이 없으므로 작품이 발표된 당시일 겁니다. 그러나 작품 속에서 회상되는 과거는 1945년 8·15 해방부터 시작하지요. 이 무렵의 공간적 배경은, 소련군이 진주하는 것으로 보아 삼팔선 이북이에요. '도청'이 있는 도시(도청의 일본인 과장이 병원에 입원해 있다가 끌려갔다고 되어 있지요.)이므로 평양, 신의주, 함흥, 청진 혹은 해주 중의 한 도시일 겁니다. 그러나 그 중 어느 곳인지는 아무런 단서가 없어서 알 수가 없어요.

그리고 현재는, 6·25 전쟁이 끝난 후 꽤 시간이 흐른 것으로 보이지요. 딸 나미가 남한에서 대학 영문과에 들어가고 다시 미국 유학을 간 것으로 되어 있는데, 미국 유학을 간 것이 3년 전이라니까 전쟁이 끝나고 적어도 5~6년은 흐른 뒤이지요. 그러므로 작품 발표 당시와 거의 맞아떨어집니다.

현재의 공간적 배경은 서울입니다. 미국 대사관 직원 브라운 씨가 관사에서 지내고 있고, 또 마지막 장면에서 이인국 박사가 브라운 씨를 만나고 나와서 '반도 호텔'로 향하는데, 반도 호텔은 지금의 서울 을지로 입구에 있는 롯데 호텔 자리에 있었어요. 그러므로 현재의 공간적 배경은 서울이랍니다.

Q 딸 나미가 미국인과 결혼하겠다고 알리자 이인국 박사는 왜 그렇게 불쾌하게 받아들이나요?

A 작품 속에서는 이인국 박사가 미국인과 결혼하려는 딸의 뜻을 알고 매우 불쾌해하는 모습만 그려지고 있을 뿐, 무엇 때문에 그처럼 불쾌하게 생각하는지에 대해서는 거의 알려 주지 않고 있어요. 그래서 우리도 그냥 추측만 해 볼 수 있어요.

지금은 국제결혼도 많이 하고 그에 대한 기피 심리도 많이 완화되었지만 이 작품이 배경으로 삼고 있는 1950년대만 하더라도 국제결혼에 대한 우리나라 사람들의 시선이 그다지 곱지 않았어요. 우리 민족이 '단일 민족국가'임을 자랑스레 내세우고 있는 요즘도 아직 그러한 잔재가 남아 있지요. 이인국 역시 일제 강점기 때에는 친일파로 살았고 해방 이후 북한에서는 친소파가 되기 위해 갖은 수단을 다했으며 지금 남한에서는 친미파가 되기 위해 애쓰고 있음에도, 그리고 북한에서는 아들을 소련에, 남한에서는 딸을 미국에 유학 보냈으면서도, 딸이 미국인과 결혼하는 것에 대해서는 선뜻 용납을 하지 못하고 있는 거예요.

우리 민족이 왜 이러한 순혈주의적인 성격을 갖게 되었는지는 정확하게 설명할 수 없으나, 오래 전부터 외세의 침탈에 맞서 싸운

역사적인 경험에 바탕을 두고 있지 않을까 추측해 볼 수 있어요. 당장 미국만 하더라도 6·25 전쟁 때에 남한을 돕기 위해 참전하였으나 양민을 학살하기도 하고 문란한 성 문화 등을 우리나라에 들여와 당시 우리나라 사람들이 곱지 않은 시선을 보내기도 했지요.

이 무렵에 발표된 작품들을 보면 '양공주'라는 직업여성이 많이 등장하는데, 이들은 미군을 상대로 매춘을 하던 여성들을 일컬어요. 그 여성들이 미군의 아이를 낳는 경우도 많았는데, 우리나라 사람들은 그 아이들조차 '튀기'라고 부르면서 배척하곤 했어요. 그래서 이 무렵 미국인과 결혼을 한다고 하면 그러한 양공주로 오인받기가 쉬웠지요. 아마 이인국 박사가 딸과 미국인의 결혼에 불쾌한 느낌을 받는 것도 바로 그러한 이유들 때문일 거에요. "'흰둥이 외손자', 생각만 해도 징그럽다."라고 토로하는 대목에서 이인국 박사도 순혈주의적인 생각을 갖고 있음을 알 수 있지요.

더군다나 그때만 하더라도 자식들이 자유연애를 통해 결혼하는 것을 용납하는 부모들이 많지 않았어요. 그래서 자식들이 부모가 정해준 배필과 결혼하는 경우가 훨씬 많았지요. 나미가 "최종 결정은 아버지의 의향에 따라 결정할 예정입니다만"이라고 써 보낸 데 대해 이인국 박사가 "그래 아버지가 안 가면 그대로 정하겠단 말인가."라고 반응하는 데에서도, 그가 가부장적인 권위로써 딸의 결혼에 개입하고 싶어 하는 마음을 읽을 수 있지요. 그러므로 미국

순혈주의(純血主義) 순수한 혈통만을 선호하는 주의. 서로 다른 종족의 피가 섞인 혈통은 배척한다.

인과 결혼하겠다는 딸의 뜻에 이인국 박사가 불쾌한 심정을 느낀 것은 우리나라 사람들이 일반적으로 가지고 있던 순혈주의적 사고, 가부장적 사고 때문이 아닐까 추측할 수 있지요.

Q 이인국 박사가 대학 졸업 때 수상품으로 받은 시계를 유독 아끼는 이유는 무엇인가요?

A 이인국 박사가 아끼는 시계는 제국대학 졸업 때 수상품으로 받은 것이라 하지요. 지금은 대학이 무수히 많지만, 이인국 박사가 대학을 다닐 당시 우리나라에 대학은 단 하나뿐이었어요. 지금 우리나라의 이름 있는 사립대학들이 100여년 전통을 자랑하고 있으나 일제 강점기에 그 학교들은 사실 대학이 아니고 전문학교였어요. 지금 서울대학교의 전신인 경성제국대학만이 유일한 대학이었지요. 입학생도 다 합쳐 몇 백 명이 안 되었는데, 그 중 절반 이상은 또 일본인이었어요. 그러니까 제국대학을 졸업한다는 것만으로도 영예로운 일이었을 텐데, 이인국 박사는 거기에다가 졸업식 때 상을 받고 그 부상으로 시계를 받은 거예요. 시계에는 자신의 이름도 새겨져 있다고 하지요? 아마 거기에다가 제국대학 의과대학 우수 졸업이라는 뜻도 새겨져 있겠지요.

그래서 이인국 박사가 의사로서 '출세'를 하는 데 그 시계(시계에 새겨진 '제국대학 우수 졸업생'이라는 의미)가 엄청난 역할을 해 주었

"1926년 개교 당시 조선인 교수는 전체 57명 중 5명, 학생은 150명 중 47명에 불과했다. 이러한 경향은 이후에도 지속되어 1941년에는 교수 140명 중 1명, 학생 611명 중 216명만이 조선사람이었다." (출처 : 경성제국대학 [京城帝國大學] | 네이버 백과사전)

을 거예요. 시계 자체도 보석이 17개나 박혀 있어 값비싼 것이었겠지만, 그가 경성의대 우수 졸업생이라는 것을 보증하고 있으므로, 일종의 신분 과시용 역할도 톡톡히 했을 겁니다. 소련군에게 시계를 빼앗긴 뒤 스텐코프 소좌에게 부탁해서 시계를 다시 찾는 것도 바로 그 때문이랍니다. 이미 감옥에 갇힌 뒤에도 자신이 의사임이 밝혀지자 감방에 갇혀만 있지 않고 의사로 근무하게 되잖아요. 자신이 의과대학 우수졸업생이라는 사실은 그러므로 자신이 위기에 처했을 때 자신을 구출해 줄 수 있는 일종의 생명줄이기도 하였을 거예요. 가령 당시와 같이 사회가 혼란스러울 때라 하더라도 우수한 의술을 지닌 의사라면 어느 세력이든지 쓸모가 있다고 판단되었을 것이므로 일단 살려두지 않았을까요? 이인국 박사 스스로 시계를 보면서 "일제 시대, 소련군 점령하의 감옥생활, 6·25 사변, 삼팔선, 미군 부대, 그 동안 몇 차례의 아슬아슬한 죽음의 고비를 넘긴 것인가."라고 회상하는데, 그 죽음의 고비에서 이 시계가 생명을 지켜 준 경우도 적지 않았을 겁니다.

Q 이인국은 친일파였다가 해방이 되자 친소파로 변신했다가 다시 월남해서는 친미파로 변신하네요. 어떻게 이런 변신이 가능했나요?

A 우선 이인국이 유능한 의사인 점이 그러한 변신을 가능하게 해 준 요인이었겠지요. 해방 이후 이북의 감방에서 설사를 하는 죄수가 적리라는 전염병에 걸렸음을 알아챈 것이 그가 친소파로 변신하는 계기가 되어 주지요. 나아가 스텐코프 소좌의 혹을 수술해 줌으로써 그는 스텐코프 소좌를 등에 업고서 아들을 소련으로 유학까

지 보냅니다. 유능한 의사가 아니었다면 친소파로 변신하기 어려웠을 거예요. 아마 6·25 전쟁을 겪는 와중에 남한으로 와서 살아남은 데에도 의사라는 직업이 유리하게 작용했을 거예요. 의사는 사회에 꼭 필요한 직업이기 때문에 당시와 같이 매우 혼란한 사회 환경에서도 살아남기가 쉬웠지요.

이인국 박사만이 아니라 많은 친일파들이 남한에서 살아남고 나아가 남한의 지배층을 형성하는 데에도 그와 같은 사정이 작용했어요. 해방 직후부터 1948년 정부 수립이 이루어지기까지 남한에서는 미 군정이 실시되었는데, 미 군정은 친일파를 소탕하는 데는 별 관심이 없고 당시 혼란스러운 사회 질서를 유지하는 데 급급하여 일제 강점기 때의 경찰이나 관료들을 대거 발탁하였지요. 그래서 친일파들이 해방 이후에도 몰락하지 않고 오히려 우리 사회의 지배층으로 자리 잡는 기이한 상황이 빚어졌어요.

미 군정의 뒤를 이어 대한민국의 초대 대통령이 된 이승만 역시 친일파를 청산하는 데에 별 관심이 없었어요. 당시 국회에서 '반민족행위처벌법'을 만들어 친일파들을 처벌하고 그 재산을 환수하려고 노력하였으나 이승만 정부의 소극적인 태도로 별 성과를 얻지 못하였지요. 그렇게 미 군정과 이승만 정권하에서 살아남아 다시 지배 세력에 들어간 친일파들은 당연히 친미 세력이 되었을 겁니다. 제2차 세계대전을 일으킨 일본 제국주의는 영국과 미국 등 서구 국가들을 귀축(鬼畜), 즉 아귀와 짐승이라 비난했고 친일파들은 모두 거기에 동조하던 사람들이었는데, 이제 이들은 자신들이 귀축이라 부르던 미국에 영합하기 시작한 것이죠.

친일파였다가 소련 군정하에서 친소파로 변신한 이인국 박사가 남한에 와서 다시 친미파로 변신하는 것도 그리 이상한 일이 아니지요. 어떤 계기로 친미파가 되었는지는 작품 속에서 구체적으로 그려지지 않지만, 딸도 미국에 유학을 보내 놓은 상태에서 자신도 미 대사관 관리에게 뇌물을 써 가며 미국에 다녀오려고 애를 쓰지요. 친소파로 변신할 때 스텐코프 소좌에게 혹 수술이라는 뇌물을 주었듯이 미 대사관의 브라운 씨에게도 상감청자라는 뇌물을 갖다 주는 것을 보면, 이인국 박사가 어떤 수단을 써서 친미파로 변신하였는지는 충분히 짐작할 수 있을 거예요.

그리고 보면, 사실 변신이 가능했던 가장 궁극적인 요인은 이인국 박사 자신에게 있는지도 몰라요. 어떤 외세가 우리나라를 지배하더라도 그 외세에 영합하여 자신의 출세를 꾀하려고 하니까요. 이인국 박사는 직업인으로서의 윤리도 없고, 외세에 지배당한 우리 민족의 역사에 대해서도 별다른 책임감이나 죄책감 등을 느끼지 않아요. 오로지 자신과 가족의 출세와 영달을 위해 어떻게든 외세에 빌붙을 생각만 하는 인물인 거예요. 그런 인물이니까 그 외세가 일본에서 소련으로, 소련에서 미국으로 바뀌더라도 아무런 가책 없이 그들에 영합하여 자신의 이익을 꾀하는 것이지요.

외세의 입장에서도 마찬가지예요. 비록 과거에는 자신의 나라를 아귀와 짐승으로 욕하던 사람이더라도, 기회만 있으면 외세에 영합하여 출세를 꾀하는 인물이라면 얼마든지 자신들에게도 영합할 것이므로 충분히 용납할 수 있는 것이지요. 그러므로 오로지 외세에 영합하여 자기 이익만을 추구하는 이인국 박사 자신과, 그러한 이

기적인 인물들을 자기들을 위해서 적절히 활용하려 드는 외세, 이들의 이해관계가 잘 맞아떨어져서 이인국 박사의 변신이 가능하게 되었다고 할 수 있겠네요.

Q 얼핏 이인국 박사를 비판하는 것 같지만, 작품에 그런 면이 명확하게 드러나지는 않아요. 왜 그런 거지요?

A 잘 보았어요. 이 작품에서 작가의 목소리는 거의 드러나지 않아요. 비단 이 작품뿐만 아니라 전광용의 작품은 전반적으로 작가 자신의 목소리, 예컨대 어떤 인물에 대한 평가나 어떤 사건에 대한 해석, 부조리한 현실에 대한 비판 등이 잘 드러나지 않는 편이에요. 오로지 작품 속에서 어떤 인물이 어떤 행위를 하는지만 간결하고 객관적으로 제시하는 것이 전광용 작품의 특징이지요.

이 작품에서도 이인국 박사가 보이는 행태에 대해 아무런 비판적 언급이나 평가가 나타나지 않아요. 그러면서도 우리는 이 작품을 통해 작가가, 일제 강점기에는 친일파로 살다가 해방 후에 그에 대한 아무런 자기반성도 없이 친소파로 변신하고 다시 6·25 전쟁 후 월남해서는 친미파로 변신하면서 출세를 거듭하는 이인국 박사와, 그가 그럴 수 있도록 용인하는 현실에 대해 비판적인 시각을 갖고 있음을 알 수 있어요. 그러한 인물을 창조해 작품 속에 형상화한 것 자체가 비판적인 시각 없이는 불가능했을 겁니다. 그리고 작가의 목소리가 전혀 드러나지 않는 가운데서도 작가는 작품을 통해 얼마든지 현실의 부조리한 측면을 비판할 수 있답니다.

예컨대 브라운 씨의 관사를 묘사한 장면을 보면, 책꽂이에 『이조

실록(李朝實錄)』,『대동야승(大東野乘)』등 한적(漢籍)이 빼곡히 차 있고 책장 위에는 작은 금동불상 등 몇 개의 골동품이 진열되어 있으며 그 외에도 십이 폭 예서(隸書) 병풍과 백자기 재떨이 등 우리의 소중한 문화 유물들이 가득 차 있는 것을 이야기하고는 "저것들도 다 누군가가 가져다 준 것이 아닐까 하는 데 생각이 미치자 이인국 박사는 얼굴이 화끈해졌다."라고 서술하지요. 이인국 박사 자신이 고려청자를 뇌물로 갖다 주는 사람인데도, 그의 눈에조차도 부끄럽게 여겨질 정도로 수많은 우리나라 사람들이 그에게 우리의 소중한 문화 유물을 뇌물로 갖다 바치는 현실을 그리고 있지요. 그러한 현실을 작가 자신의 목소리로 비판하지 않고, 친미파인 이인국의 눈으로 비판하고 있으니, 그 비판의 효과가 배가되지 않겠어요? 소설이란 장르는 이와 같이 현실을 객관적으로 보여 주는 것만으로도 충분히 현실 비판의 기능을 다할 수 있답니다.

❈ 더 읽어 봅시다 ❈

이 작품과 마찬가지로 의사가 직업인 인물이 해방 직후 이북을 거쳐 월남한 이후 남한에서 겪는 체험을 그린 작품.

황석영, 〈한씨연대기〉 _〈꺼삐딴 리〉와는 정반대로 양심적인 주인공이 의사로서의 직업윤리를 지키다 보니 겪게 되는 시련을 그린 작품. 평양의 대학병원 의사로 있던 한영덕이 전장에서 부상한 장병들을 치료하다가 당원이 아닌 탓에 갖은 박해를 받고, 월남한 이후에는 사기꾼들에게 이용당하기도 하고 간첩 혐의로 구속되는 등 불운을 겪다가 쓸쓸히 최후를 맞는 현실을 그리고 있다.

사수

 친구이면서 서로 경쟁하고 대결하는 관계가 있지요. 학생 시절에도 서로 친하게 지내면서도 학업 성적 등과 관련해서는 경쟁을 벌이는 친구들이 더러 있습니다. 이 작품에도 그처럼 친구이면서 라이벌인 두 사람이 등장합니다. 그리고 이야기의 마지막에 한 사람은 사형에 처해지고 다른 한 사람은 사격수로 그 사형을 집행하는 비극을 맞게 되지요. 이들에게는 어떤 사연이 있을까요?

사수(射手) 대포나 총, 활 따위를 쏘는 사람.

내가 언제 이런 곳에 왔는지 전연˙ 알 길이 없다.

분명 경희임에 틀림없다. 겨드랑이에서 체온계를 빼려는 손을 꼭 잡았다. 손가락이 차다. 경희의 손은 이렇게 냉랭한 적이 없었다. 따뜻하던 지난날의 감촉이 포근히 되살아온다. 눈을 떴다. 그러나 아직도 머리는 안개가 서린 듯 보야니˙ 흐리멍덩하다.

"정신이 드나 봐……."

경희의 음성이 아니다. 이렇게 싸늘하지는 않았다. 간호원이다. 새하얀 옷이 소복˙ 같은 거리감을 가져온다. 꿈인 것 같다. 그러나 아무리 따져 보아도 꿈은 아닌 성싶다. 내 숨소리가 확실히 거세게 들려온다. 틀림없이 심장이 뛰고 있다.

총소리가—그것도 다섯 방의 총소리가 거의 같은 순간에 울

전연(全然) 전혀.
보야니 연기나 안개가 낀 것처럼 선명하지 못하고 조금 하얗다.
소복(素服) 하얗게 차려입은 옷. 흔히 상복으로 입는다.

리던 그 총소리가—아직도 고막에 달라붙어 있다. B가 맞은 건지 내가 맞은 건지 분간이 안 간 대로 그 시간이 지금까지 지속되고 있다. B가 거꾸러진 건지 내가 거꾸러진 건지 그것조차 확인할 길이 없다. 승부는 났다. 그러나 내가 이겼는지 B가 이겼는지 알 길이 없다. 귀를 만져 본다. 찢어졌던 귓바퀴를 꿰맨 상흔(傷痕)이 사마귀처럼 두툴하다. 그때는 내가 졌다. 아니 계속해서 내가 지고만 있었다. 지금도 어쩌면 내가 지고 있는지도 모른다.

  곰이라는 별명을 가진 뚱뚱보 선생이었다. 좀 심술궂은 성품이다. 그것이 수업 시간에도 곧잘 나타났다. 아이들의 귀를 잡아끌거나 뺨을 꼬집어 당기는 것쯤은 시간마다 있는 일이었다. 추석 다음 날이었나 보다. 그날은 나도 B도 숙제를 안 해 갔기에 꾸중을 듣고 난 뒤였다. 설명 한마디에 '엠' 소리를 거의 하나씩 섞는 그의 버릇은 종내 떨어지질 않았다. 나는 곰의 설명은 듣는 둥 마는 둥, 공책에다 '엠' 소리 날 때마다 연필로 점을 하나씩 찍어 갔다. 일흔아홉, 여든, 여든하나……. 하학종이 거의 울릴 것만 같다. 나는 늘 하는 버릇대로 백이 되기만을 기다

분간(分揀) 사물이나 사람의 옳고 그름, 좋고 나쁨 따위와 그 정체를 구별하거나 가려서 앎.
귓바퀴 겉귀의 드러난 가장자리 부분. 물렁뼈로 되어 있고, 밖에서 들려오는 소리를 귓구멍으로 들어가기 쉽게 하는 일을 한다.
상흔(傷痕) 상처를 입은 자리에 남은 흔적.
하학종(下學鐘) 학교에서 그날의 수업을 마치는 시간이 되었음을 알리는 종.

리는 조바심으로 표를 하고 있었고, 나와 한 책상에 앉아 있는 B는 거기에만 정신이 쏠려서 한눈을 팔고 있었다. 아마도 곰의 시선은 우리 둘 책상만을 노리고 있었을 것이다. 아흔아홉……. 하학종이 울렸다. 아쉬움을 삼키면서 머리를 들었다. 그때다. '엠!', '백!' 하고 내가 혼자 뇌까리는 순간 B가 웃음을 터뜨렸다.

"왜 웃어?"

고함 소리에 정신이 바짝 차려졌다. 우리 앞으로 다가오는 곰을 보면서 닥쳐올 벌을 각오했다. 내 공책에서 눈을 뗀 곰은 둘 다 일으켜 세웠다.

"서로 뺨을 때려!"

몇 번 외쳐야 아무 반응도 없다. 이 험악한 공기 속에서도 나는 흘낏 유리창 밑 줄에 앉아 있는 경희 쪽으로 눈길을 훔쳤다. 경희는 제가 당하기나 하는 것처럼 불안한 표정으로 이쪽을 지키고 있다. 다른 애들의 눈초리도 그러했겠지만 그때의 내 눈에는 경희의 표정밖에 보이지 않았다.

"이렇게 때리래두!"

곰의 손바닥이 내 뺨에 찰싹 붙었다 떨어졌다. 눈알에서는 불이 튀는 것 같았다. 그것만으로 끝나는 것이 아니다. 곰의 손은 다시 B의 뺨으로 옮겨 갔고, B의 손을 들어서 내 뺨을 때리게 하였다. 나와 B는 하는 수 없이 흉내만을 내는 정도로 서로의 뺨

뇌까리다 아무렇게나 되는대로 마구 지껄이다.

을 쳤다. B의 눈동자는 아무런 악의 없이 나를 건너다보고 있다. 적당히 해치워 버리자는 암시의 빛과 같은 것이라고 느꼈다.

"더 세게 때리래두! 자, 이렇게!"

다시 곰의 손이 B의 뺨을 후려갈겼다. 다음에 와 닿은 B의 손바닥은 전보다 훨씬 거세게 내 뺨을 때렸다. 나도 별다른 생각 없이 앞서보다는 좀 세게 B를 때렸다. 이번에는 B의 손바닥에서 오는 탄력이 먼젓번보다 더 거세었다. 내 손도 또 그랬다.

"더, 더!"

하는 곰의 응원 같은 구령에 B의 손바닥과 내 뺨 사이에서 울리는 소리가 더 커지자, 내 손도 거기에 맞대꾸를 했고, 결국에는 슬그머니 밸이 꼴려 왔다.✤ 곰에 대한 반감이 어느 사이엔지 B에게로 옮겨져, B에 대한 적의를 느끼면서 B를 후려갈겼다.

"이 자식이, 정말이야?"

하며 B는 있는 힘을 다하여 나를 때렸다. B의 눈동자에는 확실히 노기 같은 것이 서리었다. 나도 팔에 온 힘을 주어 B를 후려쳤다.

"너, 다 했니?"

하고 뺨에서 코빼기로 비낀 B의 손바닥이 지나가자마자 잉얼

✤ 밸이 꼴려 왔다 '밸'은 '창자'를 뜻하는 '배알'의 준말이다. '배알이 꼴리다'는 '비위에 거슬려 아니꼽다'라는 의미이다.
적의(敵意) 1. 적대하는 마음. 2. 해치려는 마음.
　적대하다(敵對--) 적으로 대하다. 적과 같이 대하다.
노기(怒氣) 성난 얼굴빛. 또는 그런 기색이나 기세.

대던˚ 뺨의 아픔을 넘어 코허리가 저리면서 전신˚이 아찔했다. 시뻘건 코피가 교실 널바닥˚에 떨어졌다. 내가 다시 B를 치려는 순간 "그만" 하는 곰의 명령 소리가 B를 한 걸음 물러서게 하였고, 내 손은 허공으로 빗나갔다. 아무 근거도 없는 승부는 이것으로 끝난 것이다. 끝 장면만으로 따진다면 B가 이긴 것임에 틀림없다.

선반 위에 나란히 서 있는 약병들이 눈에 들어온다. 흰 병, 자주 병, 파랑, 초록……. 머리가 흔들린다. 테이블 위 주사기의 알코올 탈지면˚에 싸인 바늘이 오히려 가슴에 따끔한 자극을 준다. 그렇다. 그날 그 공기총알의 심장에 짜릿하던 자극 같은 것이다.

B와 나는 중학도 같은 학교였었다. 그것도 한 학급에 편성되었으니 말이다. 우리 둘은 학교 안에서는 물론 집에 돌아와서도 자는 시간 외에는 거의 한군데서 뒹굴었다. 아니 B가 우리 집에서, 내가 B의 집에서 자는 일도 번번이 있었다. 성적도 그와 나는 늘 백중˚이었다. 초저녁까지는 나와 함께 놀기만 하던 B가, 내가 돌아온 후부터 밤늦게까지 공부를 한다는 이야기를 듣고

잉얼대다 '얼얼하다'라는 의미인 듯하다.
전신 온몸.
널바닥 널빤지로 된 바닥.
탈지면(脫脂綿) 불순물이나 지방 따위를 제거하고 소독한 솜. 외과 치료에 쓰인다.
백중(伯仲) 재주나 실력, 기술 따위가 서로 비슷하여 낫고 못함이 없음.

나도 그 방법을 취했다. B와 나는 서로 표면에는 공부를 안 하는 체하면서 몰래 경쟁을 하였던 것이다. 그러기 때문에 우리 집에서 늦게까지 놀다가 B가 자고 가게 되거나, 내가 B의 집에서 자는 경우에는 둘의 공부가 합동 작전이 되지 않으면 둘 다 아무것도 하지 않고 자는 날이 되는 것이다.

여기에 경희의 존재는 우리 둘에게 퍽이나 미묘한 것이었다. 나도 B도 경희를 좋아했다. 나는 내가 경희를 더 사랑하는 것으로 생각했고, B는 B대로 자기의 사랑이 더 열렬한 것으로 생각해 왔음이 분명하다. 그러나 경희 자신은 B보다는 나와 만나는 것을 더 좋아하는 눈치였다. B는 몇 번씩이나 편지를 해도 답장이 없지만 나에게 대하여는 그때그때 답장이 왔었다.

B와 나는 다른 이야기는 다 털어놓아도 경희에 관한 문제에 한해서는 어느 쪽에서든지 말을 끄집어내는 것을 꺼렸다.

졸업반으로 진급되던 해 봄이다. 그때의 성적은 B가 나를 넘어뛰었다. 표면에는 나타나지 않았지만 내심으로는 약간의 울화 같은 것이 치밀어서 이번에는 졌구나 하는 생각이 들었다. 다음에는 틀림없이 만회하리라는 결심이 북받쳐 올랐다.

그러던 어느 날 우리 집에 놀러 왔던 B는 내 책갈피에 끼여 있는 경희의 편지를 발견하게 되었다. 나는 이쯤하여 경희와의

울화(鬱火) 마음속이 답답하여 일어나는 화.
만회하다(挽回--) 바로잡아 회복하다.

문제도, 나와 B와의 우정에 여자로 말미암은 금이 가기 전에 내 편에서 솔직한 고백을 하는 것이 좋겠다는 생각이 들어서, 경희와의 약혼 의사를 B에게 솔직히 토로하였다. 나는 은근히 B의 선선한 양보를 기대했던 것이다. 그러나 사태는 의외의 방향으로 벌어졌다. B편에서 나에게 자기의 그러한 의사를 표시하려고 적절한 기회만을 노렸다는 것이다.

그 먼저 일요일 나와 B는 경희, 경희 친구 하여 넷이서 교외로 나갔다. 공기총으로 참새잡이를 시작하여 내가 까치 두 마리와 참새 두 마리를 잡고, B는 참새 세 마리를 잡았다. 돌아오는 길에 개울가 과수원에 달려 있는 사과를 겨누어 정확률을 시합한 결과 내가 이기게 되었다. 그날 저녁 중국집에서 패배한 B가 짜장면을 내면서도 안타까움이 가시지 못하여, 다음 주일에 다시 시합을 하자는 제2차의 대전을 제기하였다. 나도 쾌히 승낙했다.

이날 나와 B 간의 경희를 싸고도는 미묘한 감정에도 약간의 농조는 섞였지만 아무 쪽에서도 시원한 양보는 하지 않았다. 나 자신은 이미 머릿속이 경희로 가득 찼었고, 어느 정도 경희의 마음속도 다짐한 후이기에, 이제 여기서 경희를 빼앗긴다는 것은 내 일생에 대한 중대 문제로 생각되었고, B는 B대로 경희가

토로하다(吐露--) 마음에 있는 것을 죄다 드러내어서 말하다.
신선하다 성질이나 태도가 까다롭지 않고 시원스럽다.
농조(弄調) 농담조. 실없이 놀리거나 장난으로 하는 말투.
다짐하다 마음이나 뜻을 굳게 가다듬어 정하다. 여기에서는 '분명하게 확인하다'라는 의미로 쓰임.

보통 다정하게 대하면서도 진심은 토로하여 주지 않는 것에 더 한층 이성으로서의 매력 같은 것을 느껴 왔던 것이다.

"할 수 없지, 또 시합이다……."

B가 내 손목을 이끌고 밖으로 나가는 것이다. 우리 둘은 공기총을 들고 거리를 벗어났다.

이 총으로 상대편을 나무 옆에 세워 놓고 귀의 높이 되는 나무통 복판을 정확하게 맞히는 쪽이 경희를 양보받기로 하자는, B의 정말 상상 외의 제안이었다. 나는 처음에는 거절하였으나, B의 너무나 의기양양한˙ 데 비하여 그 이상의 비굴˙은 보이고 싶지 않아서 하는 수 없이 응낙했다. 이번에는 누가 먼저 쏘느냐는 순번이었다. 그것은 경희의 양보 문제를 제기한 것이 나이니까, 나부터 먼저 쏘라는 B의 일방적인 통고˙ 비슷한 제의였다. 당사자 경희가 알면 참 어처구니없는 일이라고 하겠지만, 그때의 나로서는 어찌하는 수가 없었다.

나는 총을 들어 숨을 크게 들이켜고 나무 옆에 서 있는 B의 귀에 평행으로 나무통 복판에 가늠하여 방아쇠를 당겼다. 총을 내리고 서서히 나무 밑으로 걸어갔다. 총알은 조금 위로 올라갔으나 나무 한복판에 맞았다. 일순˙ B와 나의 시선은 마주쳤다.

의기양양하다(意氣揚揚--) 뜻한 바를 이루어 만족한 마음이 얼굴에 나타난 상태이다.
비굴(卑屈) 용기나 줏대가 없이 남에게 굽히기 쉬움.
통고(通告) 문서나 말로 소식을 전하여 알림.
일순(一瞬) 지극히 짧은 동안.

다음은 B의 차례였다. B는 나를 나무 옆에 꽉 붙여 세워 놓고는 정한 위치로 갔다. 총을 들어 개머리판을 오른편 어깨에 대고, 바른 뺨을 그 위에 비스듬히 얹고, 한 눈을 쪼그라지게 감으며 조심스레 조준을 맞추는 것이었다. 나는 B의 너무도 심각하게 정성들이는 표정이 우스워서 그만 웃음을 터뜨렸다. 그 순간 방아쇠는 당겨졌다. 나는 '악' 비명을 치면서 뺑뺑 돌다가 푹 주저앉았다. 총알은 내 오른쪽 귓불을 찢고 날아갔던 것이다. 피가 뺨으로 스쳐 흘렀다. 만지고 난 손가락 사이가 찐득거렸다.

이런 일뿐이 아니다. 나와 B의 사고방식이나 행동 속에는 너무나 우연한 일치 같은 것이 많았다. 내가 문득 머리에 떠올라 시작한 일이면, 벌써 B도 나와 때를 거의 같이하여 서로의 상의나 연락도 없으면서 그런 생각을 토로하거나, 그 일에 손을 대고 있는 것이다. 이러한 일들은 자칫하면 본능적인 경쟁의식이나 또는 자기만으로의 우월감 같은 것을 유발하여 둘의 우정에 거미줄 같은 금을 그어 놓는 것이었다. 그러한 예들은 B와 나 사이의 동심에서부터의 긴 교우 관계에 있어 너무나도 많았다.

간호원이 머리의 찬 물수건을 갈아 붙이고 있다. 이마의 차가움이 시원하게 느껴진다. 흐릿하던 생각들이 제자리를 찾아 헤

개머리판(--- 板) 총의 아랫부분. 흔히 나무나 플라스틱으로 만들며 사격할 때 어깨에 받치는 데 쓴다.
조준(照準) 총이나 포 따위를 쏘거나 할 때 목표물을 향해 방향과 거리를 잡음.

매다가 타래못처럼 호비고 맞다들어 온다. 그러나 눈꺼풀은 아직도 무거워서 팽팽하게 떠지지 않는다.

스리쿼터 속에 실려서 사형 집행장으로 가는 다른 네 명의 사수(射手)들은 어저께 공일 날 외출했던 이야기에 흥을 돋우고 있다. 그중의 하나는, 전라도에서 새로 왔다는 열일곱 살 난 풋내기의 육체미에 녹아떨어진 이야기를, 손짓을 섞어 침을 입술에 튀겨 가며 자랑하고 있다. 그러나 나에게는 그런 이야기들이 신통한 반응을 주지 않는다. 지금 내 머릿속은 B에 대한 생각으로 가득 차 있다.

만약 경희의 행방을 모르는 대로 B와 다시 만났던들 그렇게 내 머릿속이 뒤엉클어지지는 않았을 것이다. 내가 새로 전속되어 오던 날 부대장에게 신고를 하고 나오던 길에 복도에서 B를 만났다. 서로 생사를 모르다가 기적같이 처음 맞닿은 이 순간, 나는 함성을 올리며 B의 손을 덥석 잡았다. 그러나 B의 표정 속에는 사선을 넘어온 인간의 담박한 반가움보다는 멋쩍고 어쩔 줄

타래못 '나사못'의 사투리. 몸의 표면에는 나사 모양으로 홈이 나 있고, 머리에는 드라이버로 돌릴 수 있도록 홈이 나 있는 못.
호비다 좁은 틈이나 구멍 속을 갉거나 돌려 파내다.
맞다들다 정면으로 마주치거나 직접 부딪치다.
스리쿼터(three quarter) 짐을 싣는 자동차. 지프와 트럭의 중간급으로, 적재량이 4분의 3톤이다.
공일(空日) 일을 하지 않고 쉬는 날.
전속되다(轉屬--) 소속이 바뀌다.
사선(死線) 죽을 고비.

모르는 머뭇거림이 나에게 열적게 감득되었다. 실로 몇 해 만인가! 허탈한 감격밖에 없을 이 순간에 B는 무엇인가 복잡한 생각에 휩싸이는 눈초리를 감추려는 당황함이 엿보이게 하고 있다.

나와 경희는 형식적인 절차는 밟지 않았다 할지라도 약혼한 바나 다름없었고, 주위의 사람들도 또한 그렇게 보아 왔던 것이다. 그중에서도 B는 그러한 나와 경희의 관계를 억지로 부인하려는 자세였지만, 객관적인 조건은 그렇게 시인하지 않을 수 없었던 것이다. 말하자면 나와 경희의 사이를 가장 정밀하게 측정하고 있는 것이 B의 위치였던 것이다.

사변 전 우리 주변에 있던 사람들의 생사에 관한 안부가, 자연히 나와 B의 대화의 주요한 말거리였고, 내가 가장 알고 싶었던 경희의 이야기도 따라 나오게 되었다. 그러나 B가 잘 모른다고 대답하는 그 어감 속에는 그의 표정까지를 보지 않아도 께름칙하고 불투명한 구석이 적지 않게 섞여 있음이 느껴져 왔다. B를 아까 처음 만났을 때의 나의 이상한 육감은, 지금 더 굳어져 가는 어떤 방향의 시사를 받는 것이 분명하다. 그도 바쁜 시간이어서 그날은 그것으로 끝났다.

열적다 '열없다'의 사투리. 좀 겸연쩍고 부끄럽다.
감득되다(感得--) 느껴서 알게 되다.
부인하다(否認--) 어떤 내용이나 사실을 옳거나 그러하다고 인정하지 아니하다.
사변(事變) 한 나라가 상대국에 선전 포고도 없이 침입하는 일. 여기에서는 6·25 전쟁을 일컬음.
어감(語感) 말소리나 말투의 차이에 따른 느낌과 맛.
께름칙하다 마음에 걸려 언짢은 느낌이 있다.
시사(示唆) 어떤 것을 미리 간접적으로 표현해 줌.

그러나 더 결정적인 사태가 정작 내 앞에 벌어지게 되었다. 그것은 내가 휴가 중의 외출에서 돌아올 때 공교롭게도 B의 가족 동반의 기회에 마주친 일이다. 여기에서 오래도록 감추어졌던 모든 자물쇠는 열렸다. B의 옆에는 벌써 어머니가 된 경희가 서 있는 것이 아닌가. 경희는 충격적인 고함 소리 한마디를 치고는 이상하게도 기계라도 정지하는 것처럼 다시 태연해지는 것이었다. 아마도 B에게서 나의 생존을 알고, 이미 결정지어진 과거에 대하여 어쩔 수 없는 체념으로 마음을 다져 먹었지만, 이 불의의 경우에 나와 정면으로 마주치고 보니 격동되지 않을 수 없었던 것 같다. 물론 이것은 과거의 경희를 가장 잘 아는 나 혼자만의 추측에 불과하다. 그리고 그 이상으로 경희의 심정을 내 쪽으로 접근시켜 더욱 높게 추리하고 싶지도 않았으며, 또한 경희를 배신적인 것으로 험하여 탓할 수도 없는, 말하자면 전란이라는 환경이 주어진 어쩔 수 없는 경우로 극히 평범하고도 관대한 단정을 나는 나 자신에게 내리는 것이다. 그만큼 이 짧은 시간의 착잡한 표정 속의 침묵은 나에게 비길 수 없는 중압감을 덮씌웠던 것이다. 그것은 또한 침묵 뒤의 경희의 표정이 B와 나

공교롭다(工巧--) 생각지 않았거나 뜻하지 않았던 사실이나 사건과 우연히 마주치게 된 것이 기이하다고 할 만하다.
체념(諦念) 희망을 버리고 아주 단념함.
격동되다(激動--) 감정 따위가 몹시 흥분되어 어떤 충동이 느껴지다.
전란(戰亂) 전쟁으로 인한 난리.
험하다 '험구하다'의 뜻인 듯하다.
  험구하다(險口--) 남의 흠을 들추어 헐뜯거나 험상궂은 욕을 하다.
착잡하다(錯雜--) 갈피를 잡을 수 없이 뒤섞여 어수선하다.

를 번갈아 곁눈질하는 속에서도 나의 단정은 어느 정도 정확하다는 것을 시인하게 하는 것이었다.

그러나 그 다음 경희의 입으로 터져 나오는 말이 나를 더 놀라게 하였다. 나더러 아기가 몇이냐는 것이다. 결혼은 했느냐는 여부도 없이 선 자리에서 한 단계를 뛰어넘는 것이다. 비범하게 좋았던 경희의 두뇌에서 튀어나올 법한 기지(機智)임에 틀림없다. 그것도 이 무거운 질식 상태의 분위기를 완화하려는 여자의 얇은 재치인지도 몰랐다. 그러나 그 이야기들은 모두 나에 대한 절실했던 애정의 환원이나 회상에서가 아니라, 지금의 자기 남편인 B에 대한 아내로서의 내조적인 협조나, 그렇지 않으면 지난날에 그렇게도 못 잊어했던 나에 대한 흘러간 추억 속의 동정 같은 값싼 것으로만 나는 여겨지는 것이었다. 나는 어느 말부터 끄집어내야 할지 이야기의 실마리를 잃고 멍추같이 아연할 수밖에 없었다. 둘이서 얼싸안고 실컷 울어도 시원치 않을 이 자리에서…….

이 얼마를 두고 머릿속에 감아붙던 B에 대한 적의(敵意)가 차츰 경희에게로 옮겨져 가는 것 같은 미묘한 감정을 의식했다.

기지(機智) 경우에 따라 재치 있게 대응하는 지혜.
완화하다(緩和--) 긴장된 상태나 급박한 것을 느슨하게 하다.
환원(還元) 본디의 상태로 다시 돌아감. 또는 그렇게 되게 함.
멍추 기억력이 부족하고 매우 흐리멍덩한 사람을 낮잡아 이르는 말.
아연하다(啞然--) 너무 놀라거나 어이가 없어서 또는 기가 막혀서 입을 딱 벌리고 말을 못하는 상태이다.
감아붙다 감기듯이 남에게 살살 달라붙다.

그러면서도 나의 경희에 대한 미련 같은 아쉬움은 완전히 가셔지지 않았다. 그것이 다시 B에 대한 적개심으로 이동되었다가 또 다시 경희에게로 옮겨졌다가 하는 유동이 얼마 동안 지속되었다. 그러다가는 결국에 가서는 어쩔 수 없이 박탈되어 간 것 같이 경희에게 변호가 가게 되고, 나중에는 B에 대한 배신감만이 완전히 고정적인 자리를 차지해 가게 되어 버렸다.

흐려 가던 머리가 또렷해진다. 그러나 그것이 끝끝내 지속되지는 않는다. 반딧불마냥 깜박거린다. 단속적으로 나타나는 장면만은 선명하다.

흰 눈이 쌓인 산록(山麓)의 바람 소리가 시리다. 그것은 바로 사형 집행장에서의 일임에 틀림없다. 나는 권총 사격에 몇 점, 카빈에 몇 점, 엠원 소총에는 몇 점 하는 명사수의 하나로, 나의 소속 부대에서도 알려져 있다. 그러나 나 자신이 이 사형 집행의 사수로 지명될 줄은 몰랐다. 또 그렇게 달갑지도 않은 일이다. 더욱이 일단 지명된 이상에는 피해 낼 도리가 없다. 아무도 이런 일을 선두에 서서 하겠다고 좋아하는 사람은 없다. 그것도

유동(流動) 이리저리 자주 옮겨 다님.
단속적(斷續的) 끊어졌다 이어졌다 하는. 또는 그런 것.
산록(山麓) 산기슭.
카빈(carbine) 미국 육군이 개발한 소총의 하나. 자동식과 반자동식이 있으며, 사정거리가 짧다.
엠원(M-one) 가스로 작동되는 구경 7.6밀리미터의 반자동 소총.

전기 장치로 된 집행장에서 단추 하나를 누르면 보이지 않는 곳에서 기계가 스스로 모든 일을 처리하여 주는 경우라면 몰라도, 이런 경우는 따분하기 짝이 없는 일이다. 그러지 않아도 나는 전에 형무소에서 사형을 집행하는 관리들의 고역을 상상해 본 일이 있다. 그럴 때마다 소름이 끼쳐 그런 일을 어떤 불우한 사람들이 직업으로 삼고 맡아 할 것인가 하고 동정했던 것이다. 사실 그 경우의 죽는 사람과 죽이는 사람 사이에는, 개인적으로 생명을 여탈(與奪)할 하등의 이해관계가 없는 것이 거의 전부의 경우이기에……

지금 나의 경우는 약간 다르다. B가 오늘 집행되는 수형(受刑)의 당사자라는 것을 알았을 때 나는 순간—그것은 참말 계량할 수 없는 눈 깜짝할 찰나였지만—복수의 만족감 같은 회심의 미소를 지을 뻔했던 것이다. B의 얼굴에 겹쳐 경희의 모습이 떠올랐다. 그러나 그것들이 다 어릴 때부터의 벗이던 순진하고 아름다운 정에 얽매인 인간의 모습이 아니라, 언젠가 가족 동반에서 만난 당황하는 표정들이 점점 혐오를 느끼게 하던 그런 모습들

따분하다 1. 재미가 없어 지루하고 답답하다. 2. 착 까부라져서 맥이 없다. 3. 몹시 난처하거나 어색하다. 여기에서는 3의 의미.
고역(苦役) 몹시 힘들고 고되어 견디기 어려운 일.
여탈하다(與奪--) 주거나 빼앗다.
이해관계(利害關係) 서로의 이익이나 손해에 영향을 미치는 관계.
수형(受刑) 형벌을 받음.
계량하다(計量--) 부피, 무게 따위를 재다.
회심(會心) 마음에 흐뭇하게 들어맞음. 또는 그런 상태의 마음.

인 것이다.

  나는 눈을 떴다.

  십 미터의 거리. 전방에는 B가 서 있다. 목사의 기도는 끝났다. 유언(遺言)이 없느냐고 물었다. B는 고개를 가로저었다. 지금까지 한 번도 내 앞에서 졌다고 항복한 일이 없는 B다. 그렇게 서로 대결이 되는 경우는 늘 내가 양보하는 위치에 서게 되었었다. 오늘도 이 숨 가쁜 마지막 고비에서, B의 목숨을 앞에 놓고 B와 나는 여기 우리 둘이 한 번도 같이 와 본 적이 없는 눈 덮인 산골짜기에서 이렇게 대결하고 있는 것이다. 나를 알아보는 B의 눈은 조금도 경악의 표정은 없다. 일체의 체념이 나까지도 안중에 없게 하는가 보다. 그러면 나는 벌써 이 마지막 순간에도 이미 B에게 지고 있는 것이다. 만일 내가 이 자리에 사수로 나타나지만 않았다면 B는 무슨 말이든 한마디 남겼을는지도 모른다. 적어도 경희에게만은 무슨 마지막 당부의 한마디를 전하여 주고파 했을 것이 아닌가.

  다섯 명의 사수는 일렬로 같은 간격을 두고 나란히 횡대로 늘어섰다. B의 손은 묶인 대로이다. 그의 눈은 검은 천으로 가리어졌다. 왼쪽 가슴 심장 위에 붙인 빨간 헝겊의 표지가 햇빛에

경악(驚愕) 소스라치게 깜짝 놀람.
횡대(橫隊) 가로로 줄을 지어 늘어선 대형(隊形).

반사되어 더 또렷하다. 헛기침 소리 이외에는 아무의 입에서도 말이 없다. 다만 몸들의 움직임이 있을 뿐이다.

  B가 이적적인 모반(謀反) 혐의로 구속되었다는 신문 보도를 본 얼마 후 나는 B의 집으로 경희를 찾아갔다. 이 근래의 B의 의식 상태에는 약간의 이상적인 징조가 나타나 발작적인 행동이 집 안에서도 거듭되었다는 사실은 이날 들은 이야기이다. B는 나의 절친한 친구의 한 사람이었다고 나는 지금도 그 생각은 버리지 않는다. 그와의 개인적인 대결이 치열할수록 나는 그를 잊어 본 적이 없다. 내 삼십 년의 지나 온 세월에 있어서 B는 내 마음속에 새겨진 가장 오랜 친구였고, 접촉된 시간도 가장 긴 인간이기 때문이다. 나와 그는 이해관계를 초월하여 사귀어 왔다. 다만 경희의 경우를 비롯한 몇 굽이의 치열한 대결은 B와 나의 의식적인 적대 행위가 아니라, 환경적인 조건이 주어진 불가피한 운명 같은 것이 더 컸다고 나는 생각하고 싶은 것이다. 그러기 때문에 나는 나의 아끼던, 아니 현재도 아끼고 있는 유일한 친구이고, 그와의 어쩔 수 없는 대결이 거세면 거셀수록 그에 대한 관심이 더 강력하게 작용했던 만큼 그의 혐의를 받는 죄상

이적적(利敵的) 적을 이롭게 하는. 또는 그런 것.
모반(謀反) 1. 배반을 꾀함. 2. 국가나 군주의 전복을 꾀함.
초월하다(超越--) 어떠한 한계나 표준을 뛰어넘다.
혐의(嫌疑) 범죄를 저질렀을 가능성이 있다고 봄. 또는 그 가능성.
죄상(罪狀) 범죄의 구체적인 사실.

에 대한 내막은 이 이상 더 소상하게 늘어놓고 싶지는 않다.

  나를 만난 경희는 시종 울기만 하였다. 그것은 오랫동안 떨어졌다가 만난 육친의 애정 같은 것이어서 그 자리에서는 그와 나 사이에 아무런 장벽도 없는 것만 같았다. 경희는 남편인 B의 구출 문제보다도 나에게 대한 자신의 변명 같은 호소로 일관하였다. 사변 통에 나의 행방은 알 길이 없었고, 수복 후에 우연히 만난 것이 나와 자기의 과거를 가장 잘 아는 B였기에, 나의 생사에 대한 수소문을 서두르는 사이에 나의 소식은 묘연했고, B와의 결혼이 정식으로 성립되었다는 것이다. 나로서는 지금이라도 경희가 B를 버리고 나의 품으로 뛰어오겠다면 받아들일 수 있는 애정의 여신(餘燼)이나 아량이 없는 바도 아니었지마는, 몇 번이고 죽음에 직면했던 나로서, 경희의 행방에 대한 관심에 얼마 동안 적극적이 되지 못하였던 나 자신에 대한 자책이 이제야 더욱 거세게 싹터 나로 하여금 아무의 힐난(詰難)도 못하게 만들었고, 오히려 경희에 대한 미안한 생각으로 가슴이 뿌듯해지게 하는 것이었다. 그러나 이미 때는 늦었다. B의 구명 운동이 우리 둘의 긴급한 일로 당면될 뿐이었다.

내막(內幕) 겉으로 드러나지 아니한 일의 속 내용.
수복(收復) 잃었던 땅이나 권리 따위를 되찾음. 여기에서는 6·25 전쟁 때의 서울 수복을 가리킨다.
묘연하다(杳然--) 소식이나 행방 따위를 알 길이 없다.
여신(餘燼) 타고 남은 불기운.
힐난(詰難) 트집을 잡아 거북할 만큼 따지고 듦.
구명(救命) 사람의 목숨을 구함.
당면(當面) 바로 눈앞에 당함.

안전장치를 푸는 쇠붙이 소리가 산골짜기의 정적 속에 음산하다.

나는 무심중 귓바퀴의 상처에 손이 갔다. 호두 껍질처럼 까칠한 감촉이 손끝에 어린다. 지나간 조각조각의 단상들이 질서 없이 한 덩어리로 뭉개져 엄습해 온다. B와, 경희와, 곰과, 공기총과, 걷잡을 수 없는 착잡한 감정이다.

"겨누어, 총!"

구령에 맞추어 사수는 일제히 개머리판을 어깨에 대고 B의 심장에 붙인 붉은 딱지에 총을 겨누었다.

순간 나는 내 정신으로 돌아왔다. 최종에는 내가 이긴 것이라는 승리감 같은 것이 가늠쇠 구멍으로 내다보이는 B의 심장 위에 어린다. 그러나 나는 곧 나의 차디찬 의식을 부정해 본다. 어떻게 기적 같은 것이라도, 정말 기적 같은 것이 있어 이 종언의 위기에 선 B를 들고 달아날 수는 없는 것인가고……. 방아쇠의 차디찬 감촉이 인지(人指)의 안 배에 싸늘하게 연결된다. 내가 쏘지 않아도 다른 네 사수의 탄환은 분명 저 B의 가슴의 빨간 딱지 표지를 뚫고 심장을 관통할 것이다.

"쏘아!"

음산하다(陰散--) 분위기 따위가 을씨년스럽고 쓸쓸하다.
단상(斷想) 생각나는 대로의 단편적인 생각.
엄습하다(掩襲--) 감정, 생각, 감각 따위가 갑작스럽게 들이닥치거나 덮치다.
종언(終焉) 없어지거나 죽어서 존재가 사라짐.
인지(人指) 집게손가락.

구령이 끝나기가 바쁘게 일제히 '빵' 소리가 났다. 나는 아직 방아쇠를 당기지 않고 있는 것을 깨달았다. 지금 여기 B와의 최후 순간의 대결에서 나는 또 지각을 하고 있는 것이다. 나는 이제나마 그와의 대결의 대열에서 제외되어서는 안 될 것 같다. 방아쇠를 힘껏 당겼다. 총신이 위로 퉁겨 올라가는 반동을 느꼈을 뿐이다. 화약 냄새가 코를 쿡 찌른다. 그때는 이미 B는 다른 네 방의 탄환을 맞고 쓰러진 뒤였다. 그는 넘어지면서도 끝까지 나에게 이겼다고 생각했는지도 모른다. 총소리와 함께 나 자신도 그 자리에 비틀비틀 고꾸라졌다. 극도의 빈혈이었다.

"이제 의식이 완전히 회복돼 가는가 봐요."

눈을 떴다.

옆에 경희가 서 있다. 찬 수건으로 내 콧등의 땀을 닦아 내고 있다. B와 나란히! 아니, B는 없다. 경희도 아니다. 무표정하게 싸늘한 아까의 간호원이다. 내가 이겼는지, B가 이겼는지, 내가 이겼어도 비굴하게 이긴 것만 같은 혼몽한 속에서 나는 다시 깊은 잠에 떨어졌다.

■「현대문학」(1959. 6);『현대한국문학전집5 – 전광용 외』(신구문화사, 1981)

혼몽하다(惛懜--) 정신이 흐릿하고 가물가물하다.

사수 작품 해설

● 등장인물 들여다보기

나

이 작품의 주인공이지요. 전쟁 중에 군인으로 복무하다가 친구인 B의 사형 집행에 사수로 차출되는 기막힌 운명을 맞이하는 인물입니다. 그는 집행 도중 의식을 잃고 쓰러진 후, 병실에서 의식을 회복하는 과정에서 친구 B와의 관계를 기억하고 회상하지요. B와 '나'는 학창 시절부터 친한 친구이자 라이벌 관계였어요. 곰이라는 별명을 가진 선생님에게 서로의 뺨을 때리는 처벌을 받으면서 경쟁의식이 싹트게 되고 학교 성적을 두고서도 경쟁을 벌이게 됩니다. 특히 둘 다 경희를 사랑하면서 라이벌 의식이 극대화되지요. 경희를 두고 벌인 사격 시합에서 '나'는 B가 쏜 총에 맞아 한쪽 귓바퀴에 상처를 입기도 했어요. 이 경쟁에서 '나'는 일단 우위를 점하여 경희와 거의 약혼한 것과 다름없는 사이가 되었지요.

하지만 전쟁이 발발하여 '나'와 경희는 인연을 맺지 못하고 서로 만나지 못합니다. 그러다가 우연히 '나'는 B와 다시 만났는데, 경희는 그 사이에 B의 아내가 되어 있어요. '나'는 경희에게 크게 실망하고 처음에 B에게 느꼈던 적의를 경희에게로 옮기지만 경희에게 남은 미련 때문에 결국 그 적의를 B에게로 고정시켜요. 그러던 중 B가 이적 행위를 하였다는 혐의로 구속되고 사형에 처해지고, 명사수이던 '나'는 그 사형 집행의 사수로 뽑혀요. B에 대한 사형 집행장에서 '나'는 한편으로는 친구인 B를 구해서 달아날 길은 없을까 생각하지만, 다른 한편으로는 B와의 마지막 대결에서 지각해서는 안 되겠다는 마음으로 방아쇠를 당기지요. 그러나 총신은 위로 튕겨 올라가고 '나'는 빈혈로 쓰러지지요. 의식이 깨어나면서 '나'는 마지막 대결에서 B에게 비굴하게 이긴 것 같다는 생각을 해요. 그러므로 '나'는 B와 어릴 적부터 형성된 숙명적인 대결 관계를 의식하면서 살아왔고 B의 죽음에 관여한 뒤 그 관계를 되살피는 반성적인 인물이랍니다.

B

어릴 적부터 '나'의 친구이자 라이벌로서, '나'에게 끝없이 대결 의식을 갖도록 하는 인물이에요. 이 작품은 1인칭 주인공 시점으로 씌어 있어 B의 모습도 오로지 '나'의 눈을 통해 그려져요. 곧 이 작품 속의 B는 '나'의 주관적인 시선에 의해 굴절되어 우리 앞에 나타나므로 우리가 B를 객관적으로 알기는 어렵답니다.

어쨌든 '나'의 눈에 비친 B는 학창 시절부터 '나'와 친구이자 라이벌이었고 경희를 두고 '나'와 경쟁을 벌였다가 일단 '나'에게 졌지만, 전쟁 통에 '나'와 경희가 연락이 끊긴 사이에 경희와 결혼을 하고 나중에 군부대에서 우연히 다시 만난 '나'에게 패배감을 안기지요. 그러나 곧 이적 행위를 했다는 혐의를 받고 처형당하는데, '나'는 그를 처형하는 사수로 차출되어요. 그래서 가장 친한 친구이자 평생의 라이벌인 '나'에게 자신과의 마지막 대결이라는 상황을 안겨 주고 죽지요.

'나'의 눈에 비친 B는 자신의 친구이자 라이벌인 '나'와의 대결 의식을 끝까지 견지하는 집요한 인물이라 할 수 있어요.

경희

'나'와 B가 동시에 사랑하는 여성으로, '나'와 B 사이의 대결과 경쟁을 극대화시키는 인물입니다. 역시 '나'의 눈에 비친 모습만 그려지지요.

어릴 적부터 '나'와 B의 구애를 받으나 일단 '나'와 거의 약혼한 상태까지 갔다가, 전쟁 중에 B와 결혼하였고 그래서 다시 재회한 '나'에게 큰 충격을 던져 주지요. B가 이적 행위를 하여 체포된 후 '나'가 그녀를 찾아갔을 때, 그녀는 B의 구명 운동보다는 자신이 왜 B와 결혼하였는지를 변명조로 '나'에게 이야기합니다. 그러나 이 역시 '나'의 시선에 의해 굴절된 모습일지 모릅니다.

● 작품 Q&A

"선생님, 궁금해요!"

Q 이 작품의 배경은 어떻게 되나요? 시간적으로는 한국 전쟁 당시인 것 같은데, 공간적 배경은 알기가 어려워요.

A 맞아요. 이 작품은 1959년에 발표되었고, 작품 속 이야기가 과거 역사가 아니라 당대를 배경으로 하고 있으므로, 작품 속에 등장하는 전쟁은 1950년에 일어난 6·25, 곧 한국 전쟁일 거예요. 그런데 정확한 시간대가 언제인지는 작품 속에서 확인하기가 어려워요.

우선 이 작품이 서술되고 있는 시점은 '나'가 병실에 누워서 의식을 회복하는 시점이에요. 그런데 그 시점도 한국 전쟁이 끝난 뒤인지 아니면 아직 전쟁이 끝나기 이전인지 알 수가 없어요. 그리고 '나'가 병실에서 의식을 회복하는 과정에서 떠올리는 '과거'의 기억들도 정확하게 언제를 배경으로 하고 있는지 확실하지 않지요.

공간적 배경도 마찬가지예요. '나'와 B가 어느 지역에서 중학교를 다녔는지, 그리고 참전한 뒤 어느 곳에서 다시 만났는지, '나'가 '사수'로서 B를 처형한 곳은 어디인지, 지금의 '나'가 누워 있는 병실은 어느 곳에 있는지 전혀 단서가 주어지지 않아요. 이처럼 공간적 배경이 모호하게 처리된 것은, 이 작품에서 일어나는 '사건'이 어느 특정한 장소를 배경으로 해서 일어날 만한 사건이 아니라 어느 장소에서든 일어날 만한 보편적인 사건이기 때문일 거예요.

그러고 보면, 시간적 배경에 대해서도 이 작품에서는 확실한 정보를 주고 있지 않지요. 다만 우리의 상식에 비추어서 작품 속의 전쟁이 한국 전쟁이라고 추측만 할 수 있을 뿐이지요. 아마 경희라는 우리나라 여성 이름만 아니라면, 이 작품의 공간적 배경이 외국이라고 해도 무방할 정도로 이 작품에는 배경의 특성이 잘 드러나지 않아요. 그만큼 이 작품은 어느 특정한 시·공간적 배경에 얽매이지 않는 '보편적인 상황'을 염두에 두고 쓰인 작품이라 할 수 있을 거예요.

Q 이 작품에서는 현재에서 과거로 시간의 역전이 많이 일어나는 것 같은데요. 작품의 구성에 대해 이야기해 주세요.

A 이 작품은 주인공인 '나'가 병실에서 의식을 회복하는 데서 시작하지요. 그러고는 과거의 기억을 하나씩 떠올려 나갑니다. 중간에 다시 병실에 누워 있는 현재 시점이 잠깐씩 등장하고는 다시 과거 기억을 떠올리며, 그렇게 현재와 과거를 왕복하다가 작품 마지막에 다시 현재로 돌아와 끝을 맺지요. 그러니까, 〈현재—과거 (1)—현재—과거 (2)—현재—과거 (3)—현재—과거 (4)—현재〉의 시간 전개를 보이는 것이에요. 그 가운데서도 과거 (1)—과거 (2)—과거 (3)—과거 (4)는 대체적으로 시간의 흐름을 따라가고 있어요. 과거 (1)이 가장 오랜 과거이고 과거 (4)가 가장 최근의 과거, 그러니까 '나'가 의식을 회복하기 위해 병실에 누워 있기 직전 쓰러진 장면에 해당하지요.

그런데 과거 (3)과 과거 (4)의 내부에서는 다시 시간의 역전 구성이 나타나고 있어요. 과거 (3)의 첫 대목은 이미 B를 처형하러 사형 집행장으로 가는 길에서 시작하는데, 그 뒤를 이어 과거로 돌아가 '나'가 군부대에서 B와 재회하는 장면으로 거슬러 올라가고, 그런 뒤에 B의 아내가 되어 있는 경희와도 재회하는 장면이 나오지요. 과거 (4)에서도 먼저 '흰 눈이 쌓인 산록'에 마련된 사형 집행장에서 B에게 총을 겨누고 있는 장면을 떠올린 다음 다시 그 이전으로 돌아가 B가 이적적인 모반 혐의로 체포된 후 경희를 찾아간 장면이 나오고 그런 다음 다시 사형 집행장에서 B를 향해 방아쇠를 당기면서 자신도 빈혈로 쓰러지는 장면이 이어지지요.

이처럼 시간의 역전 구성이 빈번하고도 복잡하게 이루어지는 것은, 기본적으로 '나'가 의식을 잃었다가 회복하는 과정에서 머리에 떠오르는 이미지에서 출발하여, 과거에 어떤 일이 있었기에 지금 '나'가 병실에 누워 있는지를 추적해 나가는 형식으로 작품을 썼기 때문이라 할 수 있어요. 곧 '나'가 의식이 분명하지 않은 상태에서 머리에 떠오르는 이미지 및 그와 연관된 '나'의 심리나 기억을 기술해 나가고 있고, 그것들을 통해 소설 속의 '사건'은 재구성되도록 작품이 창작된 것이에요.

Q 친구 사이인 주인공 '나'와 B가 겪는 경쟁이나 대결 의식이 작품의 중심 소재가 되고 있네요. 그런데 '나'는 왜 B와의 마지막 대결에서 자신이 비굴하게 이긴 것만 같다고 느끼는 건가요?

A 사람은 누구나 다른 사람과 함께 삶을 살아갈 수밖에 없는 '사회적 동물'이에요. 특히 오늘날과 같이 사람들 사이의 관계가

거미줄처럼 복잡하게 얽혀 있는 사회에서는 혼자서 살아가는 것이 거의 불가능할 정도이지요. 그런데 다른 사람들과 함께 살아간다는 것은 한편으로는 서로 도우면서 살아야 한다는 것을 의미하면서도 다른 한편으로는 다른 사람과의 경쟁이나 대립도 불가피하다는 것을 의미해요. 당장 학교에서도 우리는 친구들과 함께 학교생활을 하면서도 시험이나 성적 등과 관련해서 친구들과 경쟁을 하지 않을 수 없지요.

이 작품에서도 '나'와 B의 경쟁 혹은 대결의 관계가 선생님의 처벌을 통해 발단되고 있고 성적을 매개로 하여 한층 심화되고 있지요. 그 외에도 '나'와 B는 경희라는 여성을 두고도 경쟁을 벌이죠. 경희와의 사랑이라는 면에서 '나'는 B보다 우위를 점하지만, 그러다가 전쟁이 일어나 '나'가 군대에 나가 있는 동안에 경희는 B와 결혼을 해서, 우연히 그것을 알게 된 '나'로 하여금 심한 질투와 열패감 등을 느끼게 하지요. 그러니까 '나'와 B는 어린 시절부터 함께 친하게 지내온 둘도 없는 친구 사이이면서도 여러 가지 면에서 경쟁을 하여 온 일종의 '라이벌'인 거예요. 라이벌은 한편으로는 서로에게 호승심(반드시 이기려는 마음)을 일으켜 서로를 분발시키는 자극이 되어 주지만, 다른 한편으로는 경쟁에서 졌을 경우 심한 열등감을 불러일으키는 존재이지요.

'나'는 경희를 사이에 두고 벌인 B와의 경쟁에서 한동안 우위를 점했으나 전쟁이라는 어찌할 수 없는 상황으로 인해 B에게 경희를 빼앗긴 셈이 되었지요. 그러던 차에 B는 모반 혐의로 구속되어 처형당하게 되고, '나'는 B를 처형하는 사수의 한 사람으로 발탁됩니다. 그러니까 '나'는 한편으로 B가 처형당하고 나면 경희를 다시 차지할 수 있는 상황인 거예요. 그런데 다른 한편 이 상황은 '나'와 B의 정상적인 경쟁을 통해 승부를 가릴 수 있는 상황이 아니에요. 예전에 '나'와 B가 경희를 두고 사격 시합을 한 것과 달리 일방적으로 '나'가 B를 쏘게 되어 있지요. 더군다나 '나'가 쏘지 않더라도 다른 사수들에 의해 B는 죽을 수밖에 없는데, B가 죽고 나면 오랫동안 유지되어 오던 '나'와 B의 경쟁 관계도 더 이상 유지될 수가 없는 상황이지요. 그런 점 때문에 '나'는 한순간 어떤 기적이 일어나 자신이 B를 들고 달아날 수는 없을까 바라는 마음이 들어요. B는 자신의 오랜 친구이기도 하니까요.

그런데 또 다른 한편으로는 이 상황이 B와 치르는 마지막 대결이므로 거기에 지각하는 것은 결국 B에게 지는 것이 아닐까 라는 염려도 드는 거예요. 이렇게 마지막 대결에서 '나'의 심경은 복잡해지고, 그래서 결국 다른 사수에 비해 늦게 방아쇠를 당기지만 그마저도 "총신이 위로 퉁겨 올라간" 것을 보면 제대로 쏘지도 못한 것이지요. 그래서 '나'는 의식이 돌아오고 나서도 B에게 이겼다는 확신이 들지는 않는 거예요. 제대로 B와 대결하는 상황도 아니었고, 자신의 마음이 복잡해져서 어떤 확고한 자신의 결정에 의해 B와의 대결에 대처하지도 못하였기 때문에, 이긴 것 같지도 않고 이겼어도 비굴하게 이겼다고 느끼는 겁니다.

Q 경희에 대한 '나'의 감정도 일관되지 않고 자꾸 변하는 것 같아요. 특히 B의 아내가 된 후에 만난 경희에 대한 '나'의 감정은 잘 이해

되지 않아요. 처음에는 적의를 느끼다가 그 적의가 B에게로 옮아가고, 또 B가 구속된 뒤에 경희를 찾아가서는 경희에 대해 '뿌듯한' 느낌을 갖기도 해요. 경희에 대한 '나'의 감정이 어떤 건지 설명해 주세요.

A 경희는 전쟁이 나기 전에 '나'와 정식으로 약혼까지는 하지 않았지만 거의 약혼한 사이나 마찬가지인 연인이었지요. 그런데 전쟁이 나서 한동안 헤어져 있던 와중에 B와 결혼한 몸으로 '나'의 앞에 나타난 거예요. 그러므로 '나'가 경희에게 품는 감정이 매우 착잡한 것은 당연하지요.

경희는 '나'를 보고는 일단 '충격적인 고함'을 질렀다가 안정을 찾고는 '나'에게 애가 몇이냐고 물어요. 그러니까 경희는 '나'도 이미 결혼을 했으리라 생각한다는 것인데, '나'는 이 경희의 물음에 대해 'B에 대한 아내로서의 내조적인 협조'나 혹은 '나에 대한 추억 속의 값싼 동정'으로 받아들여 불쾌해해요. 이미 자신의 과거 연인이 아니라 현재 B의 아내로서 충실한 자세를 보인다고 생각했던 거지요. 아마 '아이가 몇이냐'는 물음을, 남편의 친구나 정말 오랜만에 만난 과거 남자 친구에게 던질 법한 의례적인 물음 정도로 받아들였을 테지요. 자신은 전쟁 통에 헤어진 연인과 재회한 감격으로 "둘이서 얼싸안고 실컷 울어도 시원찮다."고 생각하고 있는데, 의례적인 물음만 묻고 있으니 실망감이 컸겠지요. 그래서 처음에 B에게 느꼈던 적의(친한 친구인 자신의 약혼자나 다름없던 여성과 혼인을 하였으니 그에게 적의를 느끼는 게 당연하지요.)가 경희에게로 옮겨져요. 그런데 '나'에게는 경희에 대한 '미련 같은 아쉬움'이 남아 있는 거예요. 그래서 경희에게 느꼈던 적의가 다시 B에게로 옮아가고 그런 변동이 얼마간 이어지다가 결국 B에 대한 적개심으로 굳어지지요.

그런데 B가 모반 혐의로 구속된 뒤에 찾아갔더니 경희는 '변명 같은 호소로 일관'해요. 남편인 B를 어떻게 구해 내느냐는 것보다 '나'를 버리고 B에게 시집간 데 대해 변명을 늘어놓기에 바빴다는 거예요. (이는 '나'의 해석이니 경희가 실제로 그러했는지는 확실하지 않아요.) 그러다가 '나'도 전쟁에서 몇 번 죽음의 고비를 넘기는 와중에 얼마 동안 경희의 행방에 대해 관심을 쏟지 못했다는 사실을 떠올리지요. 곧 오랫동안 경희를 찾지 못한 자신에게도 책임이 있다고 깨닫는 거지요. 경희가 B와 결혼한 데에는 자신의 잘못도 있다는 반성은 곧 경희에 대한 미안함으로 이어지고, 그러한 감정은 경희가 자신을 배신하지 않았다는 판단으로 이어질 수 있기에 '뿌듯함'을 느끼게 되는 거지요. '나'가 의식을 회복하는 과정에서도 끊임없이 간호사의 손길을 경희의 그것으로 착각하는 것을 보더라도 경희에 '나'의 대한 애정이 여전히 식지 않고 남아 있음을 알 수 있지요.

Q 이 작품을 통해 작가가 말하고자 하는 주제는 뭔가요?

A 이 작품은 작가가 당시에 실제로 있었던 어느 사형 집행에 대한 기사를 읽은 뒤, 거기에 착안하여 창작하였다고 해요. 실제로 6·25 전쟁으로 인해 군대 내에서는 친구가 친구의 사형 집행에 참여하는 일이 충분히 일어날 수 있었어요. 6·25 전쟁은 결국 우리 민족 사이에서 일어난 전쟁이니만큼, 친구 사이임에도 불구하고 양

쪽으로 나뉘어서 서로 총구를 겨누어야 했던 비극적인 상황이 자주 벌어졌지요.

이 작품에서도 B가 이적 행위, 즉 적을 이롭게 하는 행위를 해서 사형당하는 것으로 그려지지요. 그런데 작가는 B가 어떤 생각으로 어떤 이적 행위를 했는지, 그리고 '나'는 그러한 B에 대해 어떻게 생각하고 어떤 태도를 취하는지에 대해서는 전혀 언급하지 않아요. 곧 이념적인 대립으로 인해 벌어진 당시의 시대적인 배경이나 상황을 말끔히 걷어 내고, 오로지 친구이자 라이벌이었던, 더 나아가 경희라는 여성을 사이에 두고 삼각관계를 형성했던 '나'와 B 사이의 개인적인 대결 의식을 그리는 데에만 집중을 하고 있지요. 그래서 이 작품은 인간이 살아가면서 경험하게 되는 운명적인 대결을 그리고 있다고 봐야 해요. 학창 시절 선생님에 의한 처벌이나 성적 경쟁 등에 의해 유발된 대결 의식이 한 여성을 둘러싼 삼각관계로 한층 발전한 후, 전쟁이라는 특수 상황 속에서 벌어진 이적 행위와 그에 대한 처형 등으로 이어진 숙명적인 관계를 그리고 있는 것이지요.

❉ 더 읽어 봅시다 ❉

6·25 전쟁에서 두 친구가 적대적인 관계로 만난 이야기를 그린 작품.
황순원, 〈학〉_주인공 성삼이 인민군 포로가 된 덕재를 호송할 책임을 맡는데, 어릴 적 친구였던 덕재가 불가피한 사정으로 부역을 한 사실을 알고는 그를 풀어 준다.

흑산도

과거 고기잡이를 하며 살던 어민들의 삶을 위협하던 것은 무엇보다 폭풍우와 같은 자연 재해였을 거예요. 이 작품의 제목이자 배경인 흑산도에서도 사람들은 폭풍우와 맞서며 고기잡이를 해서 생존해 왔어요. 젊은 청춘남녀들이 연애도 하고 마을 사람들은 자신들에게 닥친 운명에 공동으로 맞서기도 했을 거예요. 그러나 자연 재해만이 아니라 다른 변화의 기운들도 섬 사람들에게 영향을 미치기 시작해요. 자연 재해로 인해 사랑하는 청년을 떠나보낸 이 작품의 여주인공 북슬이는 그런 변화의 기운에 어떻게 대처할까요?

첫 조금〔潮減〕이 지난 달무리였다. 철에 고깝지 않게 포근한 날씨가 새벽 눈이라도 내릴 것만 같았다.

손바닥 오그린 모양으로 오붓하고 아늑하게 생긴 좌청룡(左靑龍) 우백호(右白虎)에 감싸인 마제형(馬蹄形)의 형국(形局)이라는 나루였다.

평나무, 누럭나무, 재배나무가 우거진 속 용왕당(龍王堂)이

조금(潮-) 조감(潮減)에서 변한 말로, 조수(潮水)가 가장 낮은 때를 이른다. 대개 매월 음력 7, 8일과 22, 23일에 있다.
달무리 달 언저리에 둥그렇게 생기는 구름 같은 허연 테.
고깝다 '섭섭하고 야속한 느낌이 있다'라는 뜻이나, 여기에서는 '않게'와 함께 '어울리지 않다, 거스르다' 정도의 의미로 쓰인 듯하다.
좌청룡(左靑龍) 풍수지리에서, 주산(主山)의 왼쪽에 있다는 뜻으로 '청룡(동쪽을 지키는 신령)'을 이르는 말.
　주산(主山) 풍수지리에서, 묏자리나 집터 따위의 운수 기운이 매였다는 산.
우백호(右白虎) 풍수지리에서, 주산의 오른쪽에 있다는 뜻으로 '백호(서쪽을 지키는 신령)'를 이르는 말.
마제형(馬蹄形) 말굽처럼 된 모양이나 요형(凹形) 같은 것.
형국(形局) 관상(觀相)이나 풍수지리에서, 얼굴·집터·묏자리 따위의 겉모양과 부분의 생김새를 이르는 말.

버티고 서 있는 당산(堂山) 기슭에 감아붙어 갯밭에 오금을 괴고 조개껍질처럼 닥지닥지 조아붙은 마을 한 기슭으로 뒷 주봉 나왕산(羅王山) 골짜기에 꼬리를 문 개울이 밀물을 함빡 삼켰다가 썰물에 구렁이처럼 갯벌로 꿈틀거리고 흘러내리는 것이 희미한 달빛에 비늘처럼 부서진다.

갯가에서는 마을 장정들의 흥겨운 노랫소리가 꽹과리, 장구 소리에 섞여 당산까지 울렸다가는 숨죽은 듯 고요한 바다 위로 다시 퍼져 흩어진다.

인실이네 마당에서는 큰애기들이 손에 손을 잡고 둘레를 돌면서 메기고 받는 강강수월래가 그칠 줄을 모른다.

딸아 딸아 막내딸아

인실이 어머니의 메기는 소리다.

당산(堂山) 토지나 마을의 수호신이 있다고 하여 신성시하는 마을 근처의 산이나 언덕.
감아붙다 감기듯이 남에게 찰싹 달라붙다.
갯밭 갯가의 개흙밭.
✽ 오금을 괴고 '오금'은 '무릎의 구부러지는 오목한 안쪽 부분'이란 뜻으로, 여기에서 '오금을 괴고'는 '갯밭 안에 마치 오금처럼 오목하게 들어가서'라는 의미이다.
조아붙다 '죄도록 붙다' 정도의 의미인 듯하다.
　죄다 차지하고 있는 자리나 공간이 좁아지다. 또는 그렇게 되게 하다.
뒷 주봉(-主峰) 뒤에 있는 주봉. '주봉'은 '풍수지리에서, 묏자리나 집터 따위의 근처에 있는 가장 높은 산 봉우리'를 뜻한다.
장정(壯丁) 기운이 좋은 젊은 남자.
큰애기 '처녀'의 사투리.
메기다 두 편이 노래를 주고받고 할 때 한편이 먼저 부르다.

강강수월래—

큰애기들은 목청을 돋우어 받는다. 빨리 돌 때는 큰애기들의 삼단˙ 같은 머리채가 궁둥이를 치고 허리통에 휘감긴다.

너만 곱게 잘만 커라
강강수월래—

어느덧 노래는 그들이 가장 즐기는 '둥당의 타령˙'으로 바뀌었다.

둥당에다 둥당에다
당기둥당에 둥당에다

큰애기들은 흥겨워 저도 모르게 어깨춤에 가랭이질이 섞인다.

저기 가는 저 생애〔喪輿〕는

삼단 삼을 일정한 양으로 묶은 단.
✿ 삼단 같은 머리 숱이 많고 긴 머리.
둥당의 타령 작가 전광용이 1954년에 흑산도 학술 조사에서 직접 채집한 민요.

남생앤가 여생앤가

　여생질에 가거들랑

　우리 엄마 만나거든

　어린 자식 보챈다고

　백수벵에 젖을 싸서

　한숨으로 마개 막아

　무지개로 끈을 달아

　전하라소 전하라소

　안개 속에 전하라소

　까막개〔黑浦〕의 밤은 추위도 모르고 깊어만 갔다.

　북술이는 동무들과 맞잡고 둥당의 노래를 부를 때는 아무 시름도 없이 즐겁기만 했다. 그러나 혼자서 이 노래를 읊조리면 얼굴 모습조차 기억 속에 더듬기 어려운 어머니의 옛이야기처럼 서러움이 꿀꺽 치밀었다. 둘레를 돌면서도 북술이의 눈은 이따금 갯가로 옮겨졌고, 그럴 때마다 용바우의 믿음직한 목소리가 귓전을 어루만져 슬픔을 가라앉히곤 했다.

　갯가에서는 막걸리를 나누는 참이었는지 한참 잦았던 징소

남상여(男喪輿) 남자의 주검을 실은 상여.
여생질 여자가 죽어 상여로 가는 길.
백수벵 '백수병(白壽甁)'으로 보임. '백수(白壽)'는 '百'에서 '一'을 빼면 99가 되고 '白' 자가 되는 데서 유래한 말로, 아흔아홉 살을 뜻하며, '벵'은 '병'의 사투리인 것으로 보인다. 혹은 '목숨 수(壽)' 자가 쐬어 있는 흰 병'일 수도 있다.

리가 이번에는 더 세차게 마을을 스쳐서는 뒷 주봉에 메아리를 울렸다.

'한아부지가 기다릴라.'

아쉬운 생각도 없지 않았지만 노래 중간에서 뺑소니를 쳐 나온 북술이의 걸음은 집에 가까울수록 무거워만 졌다.

당산 밑 낭떠러지에 등을 대고 다가붙은 갯집 큰방에는 불빛도 보이지 않았다. 정지와 큰방과 마루를 둘러싼 앞마당은 그대로 행길이자 갯가였다.

"인자사 와……."

굴뚝 뒤로 우거진 동백(冬柏)나무 그림자에서 불쑥 튀어나오는 소리였다.

"아이고 놀랐재라우, 누고……."

"나야, 나."

용바우의 크고 벌어진 어깨가 북술이 앞으로 다가왔다.

"난 또 누구라고, 갯가에서 벌써 왔는지라우."

"안 갔제라, 내일이 유왕님〔龍王〕 고사 모시는 날이랑이께."

"응, 그랴."

북술이는 깜빡 잊었던 용왕제(龍王祭)가 생각났다.

한아부지 한아버지. '할아버지'의 사투리.
정지 '부엌'의 사투리.
행길 '한길'의 사투리.
고사(告祀) 액운(厄運)은 없어지고 풍요와 행운이 오도록 집안에서 섬기는 신(神)에게 음식을 차려 놓고 비는 제사.

"그렁께로 술도 고기도 못 먹고 정히 한다이께."

까막개 사람들은 바다와 싸우면서 바다를 의지하고 살아왔다. 폭풍우를 만나면 바다가 적이었고, 고요하게 잠자는 날이면 바다보다 다사로운 벗은 없었다.

이 섬에서는 일 년의 넉 달은 농사가 살려 주고 나머지 여덟 달은 바다가 키워 주어 미역과 자반과 생선으로 목숨을 이었다.

그들은 바다에서 나서 바다에서 죽었다. 용바우 아버지도 그랬고, 북술이 아버지도 그러했다. 원수인 바다에 끝없는 저주를 보내면서 바다에 대한 지성은 그들의 신앙이었다.

그러기에 가장 허물없고 깨끗한 젊은이들이 해마다 정초에는 용왕제 집사(執事)로 뽑혔다. 용바우도 금년에는 이 정성스러운 일에 한몫 들었다.

용바우는 열다섯에 첫 배를 탔다. 털보 영감으로 통하는 안 선달과 두 살 맏이이지만 알이 작기에 대추씨라는 별명을 가진 두칠이 틈에 끼어 북술이 할아버지 박 영감과 함께 칠산(七山) 바다에서 연평(延坪) 앞개까지 올리훑는 조기잡이로 시작된 뱃

정하다(淨--) 맑고 깨끗하다.
지성(至誠) 지극한 정성.
집사(執事) 주인 가까이 있으면서 그 집 일을 맡아보는 사람. 여기에서는 용왕제 일을 맡아보는 사람이란 뜻.
✤ 한몫 들었다 한몫 거들었다.
선달(先達) 조선 시대, 무과(武科)에 급제하였으나 아직 벼슬을 받지 못한 사람을 이르던 말로, 여기에서는 벼슬을 하지 못한 사람에게 예의상 붙인 호칭으로 보인다.
올리훑다 아래에서 위로 올라가면서 훑다.

길이 어느새 십 년이 흘렀다.

세월은 박 영감의 등에서 살점을 앗아 가고, 머리빛을 갈아 내고, 이마에 밭이랑 같은 주름을 박아 가는 사이에 용바우는 제법 소금 섬 두 가마씩을 단숨에 지고 발판을 나는 듯이 뱃전으로 오르내리게 되었다. 간물*에 전 검붉은 얼굴은 윤기를 띠었고 이글이글 타는 화경* 같은 눈동자는 박 영감의 가슴속 빈 구석을 채워 주었다.*

용바우에게 북술이는 거리낌도 수줍음도 없었다. 나이야 먹어 가든 말든 그대로 장난이요 반말이었다. 그러던 북술이가 어느덧 용바우 앞에서 옷고름을 물지 않으면 앞섶을 만지작거리는 버릇이 생겼다.

박 영감은 박 영감대로 용바우에 대한 속셈을 했고* 용바우는 어느새 북술이가 제 물건처럼 소중해졌다. 북술이도 노상 용바우가 싫지는 않았다.

"그라문 간물에 몸을 씻고 가지라우."

"내일 새벽 일찍이 씻는당께."

"배는 언제 떠나고."

간물 '바닷물'의 사투리.
화경(火鏡) 햇빛을 비추면 불을 일으키는 거울이라는 뜻으로, '볼록 렌즈'를 이르는 말.
* 용바우는 제법 소금 섬 ~ 빈 구석을 채워 주었다 박 영감의 아들, 곧 북술이 아버지는 바다에 나가 돌아오지 않았다. 박 영감의 가슴속 빈 구석은 아들의 죽음으로 인해 생긴 것인데, 용바우가 그것을 채워 줄 만큼 믿음직했다는 의미이다.
* 박 영감은 박 영감대로 용바우에 대한 속셈을 했고 용바우를 손녀 북술이와 혼인시키려는 속셈을 가졌다는 의미이다.

"이재[이제] 배꼴을 박고 끄스리문[그슬리면] 모레쯤 떠나제, 올에는 새로 묵은 배니께 흥두 날께라."

"그랑이께, 두 밤 자문?"

"응, 그랴."

용바우는 달빛에 어린 북술이의 얼굴이 봉오리 벌어지는 동백꽃보다 더 아름답다고 느껴졌다. 몸집이 마음 놓고 굵어진 것 같아 부풀은 가슴이 풀 먹은 인조견 저고리 앞자락을 슬며시 들고 일어섰다.

"북술이는 또 나이 하나 더 먹었으니께 인자 열아홉이제."

"누군 나이를 안 먹구 나만 먹는지라우."

고름 끝을 비비는 북술이의 입가에는 엷은 웃음이 어렸다. 용바우는 북술이의 입이 가장 복스럽다고 생각되었다. 그 입으로 말이건 웃음이건 거푸거푸 새어 나오게 하고만 싶었다.

'북술이는 지 어무니를 닮았제라우, 고 복스러운 입이 더.'

입버릇처럼 뇌까리는 인실이 어머니의 말이 떠올랐다.

"인자 씨집도 가양께."

처음 하는 소리였다. 그러나 지난봄부터 용바우의 혀끝에서 맴도는 한마디였다.

배꼴 흑산도에서, 배 몸체의 튼 곳을 메우는 재료.
묵다 '먹다'의 사투리. '먹다'에는 '바르는 물질이 배어들거나 고루 퍼지다'는 뜻이 있는데, 아마 새로 기름 등을 발랐다는 의미일 것이다.
인조견(人造絹) 사람이 만든 명주실로 짠 비단.

"누가 씨집간다는지라우."

"그랴문 씨집두 안 가구 큰애기로 늙으라제."

"언제 누가 큰애기로 늙는당께……, 남의 걱정 말구 장가나 가라제라우."

북술이도 이번에는 가슴이 탁 트이도록 소리를 내어 웃었다.

어느 사이엔지 용바우의 삿대 같은 팔은 북술이의 겨드랑이를 스쳐 사등뼈가 바스라지도록 껴안는 판에 가슴은 숨 막히게 가빴다. 용바우의 뜨거운 입김이 북술이의 이마를 확확 달구었다.

"어디 참말 씨집 앙가나 보자이께."

"누구는……."

봉창 문이 삐걱 소리를 내었다. 박 영감의 쿨룩거리는 기침 소리였다.

"누구라."

"……!"

"누가 왔는게라."

"나 북술이라우."

"응 북술이라."

"야."

북술이의 허리를 놓은 용바우는 슬며시 갯가로 돌아 까막바

사등뼈 '척추뼈'의 사투리.
봉창 창호지로 바른 창.

위 쪽으로 내려갔다.

"누가 왔지로."

"저, 용바우가."

"새날이문 유왕님 고사에 나갈 놈이 가시나하고 무슨 짓이라."

다시 박 영감이 해소˙가 끊이지 않는 사이에 북술이는 방에 들어가 쪼그리고 누웠다. 그러나 용바우의 입김은 아직도 이마에 뜨거웠다.

먼동이 트기 전부터 내리는 눈은 솜송이같이 함박으로 퍼부어 미처 녹다 못해 오래간만에 쌓여졌다. 당산에서는 본당(本堂) 정면에 단청(丹靑)으로 그려진 남녀 괘화(掛畵)˙ 앞에 소 한 마리가 사각(四脚)˙과 두족(頭足)˙으로 동강이 나 놓여 있고, 이 한 해의 잡귀(雜鬼)를 몰고 풍어(豊漁)˙를 기원하는 고축(告祝)˙도 끝났다. 만선(滿船)˙을 축원하는 용바우의 머릿속에는 북술이가 크게 자리잡고 있었다.

한낮이 되자 하늘은 개고 거의 녹아 버린 눈길에 마을 사람들

해소 '해수(咳嗽)'가 변한 말로, 해수는 '기침'을 한방에서 이르는 말.
괘화(掛畵) 걸개그림.
사각(四脚) 잡은 짐승의 네 다리.
두족(頭足) 소, 돼지 따위의 머리와 발을 아울러 이르는 말.
풍어(豊漁) 물고기가 많이 잡힘.
고축(告祝) 천지신명에게 고하여 빎.
만선(滿船) 물고기 따위를 많이 잡아 가득히 실음. 또는 그런 배.

흑산도

은 명절보다 더 기뻤다.

  달이 나왕봉 마루에 기울기 시작했다. 까막바위 앞에 웅크리고 앉은 두 그림자는 이윽하도록˚ 움직이지 않았다. 잔물결이 바위 밑에 부서졌다가는 밀려가는 것이 차츰 거세어졌다.

"그라이께, 새벽참에 꼭 떠나야제."

"그랴."

"한아부지가 보름이나 지나믄 나가자는디."

"물감자(고구마)도 그만 다 떨어졌지라, 먹을 것이 바닥이 났으라우."

"그랄 테지라, 하지만……."

"아니오, 보름 전에 한 축˚은 해야 한다이께."

  용바우는 담배를 말아서 불을 붙였다. 두툼한 양볼이 오무라지게 빨았다가는 길게 내뿜었다. 눈 온 뒤에는 꼭 바람이 터진다는 할아버지의 말이 다시 떠올라 북술이는 어쩐지 불안스러웠다.

"보름을 쇠구 가제, 그라요."

"보름은 손구락을 빨구 쇤당께. 새벽참에 떠나문 보름 전에 돌아오지라."

  잊었던 찬 기운이 겨드랑이로 스며들었다. 북술이는 용바우

이윽하다 '이슥하다'의 사투리. 밤이 꽤 깊다.
축 일정한 횟수나 차례를 나타내는 단위.

무릎에 바싹 다가앉았다.

"그라이께 말이여, 이번 한 채만 잘 하믄 그걸 폴아서[팔아서] 북술이 신발을 사고 나도 작업복이나 한 벌 갈아 입어야제."

"……."

용바우의 거북등 같은 손아귀에 꽉 쥐인 북술이의 손은 해면˙처럼 오그라들었다. 북술이는 용바우가 껴안는 대로 잠자코 있었다. 머루알 같은 젖꼭지에 용바우의 손끝이 닿으니 등줄기가 저리도록 간지러웠다.

용바우는 박 영감을 찾았다.

"나두 인자 이만큼 하이께 한아부지는 그만 쉬지라우, 올해는 셋이서 넷 몫을 하랍니데[하랍니다]."

"글쎄라……."

"털보 영감과 두칠이두 그랬지로, 해소가 심한디 조섭˙을 해야지라고."

"이래도 배에만 오르믄 상관없는지라."

박 영감은 곰방대를 들면서 긴 한숨을 꺾었다.

"가알[秋]도 아니고 절[冬]에 안 되지라."

"그래섰지마는 어디 그랄 수야……."

해면(海綿) 바다에 사는 생명체의 하나인 '목욕해면'을 볕에 쬐어 섬유 모양의 골격만 남긴 것. 미세한 구멍이 많고 부드러우며 탄력이 좋아서 수분을 잘 빨아드린다.
조섭(調攝) 음식이나 주위 환경, 움직임 등을 알맞게 조절하여 쇠약한 몸을 회복되게 함.

벌써 몇 번이나 되풀이되는 이야기였다. 정지에서 뱃점심 고구마를 솥에 안치고 있던 북술이는 코허리가 시큰했다. 눈까풀을 까물거리니 기어코 방울이 떨어졌다. 설 보름과 제사 때만 맛보던 쌀밥이건만 아버지 제사에 쓰려던 멥쌀을 갈라서 고구마 솥에 깔았다.

　첫닭이 울었다. 배는 물때를 따라서 떠나야 했다. 앞개에 늘어선 배마다 불이 환했다. 나루터는 찾는 소리 대답하는 소리에 왁자지껄 고아댔다.
　털보 영감은 홍어 주낙을 올리고 두칠이와 용바우는 뒷장에 그물을 실었다. 물동이를 이고 나오는 북술이의 뒤에 박 영감이 따라섰다.
　두칠이는 닻을 올리고 털보 영감은 뒷줄을 풀었다. 용바우가 삿대를 내려밀자 털보 영감은 이내 키를 잡았다. 두칠이는 노를 풀어 놋좆을 제자리에 박고 노걸이를 걸었다.

멥쌀　메벼를 찧은 쌀.
　메벼　벼의 하나. 낟알에 찰기가 없으며, 열매에서 멥쌀을 얻는다.
물때　하루에 두 번씩 밀물과 썰물이 들어오고 나가고 하는 때.
고아대다　큰 소리로 시끄럽게 마구 떠들다.
주낙　물고기를 잡는 기구의 하나. 긴 낚싯줄에 여러 개의 낚시를 달아 물속에 늘어뜨려 고기를 잡는다.
뒷장　배의 뒷부분을 말하는 듯하다.
삿대　배를 물가에서 떼거나 물가로 댈 때, 또는 물이 얕은 곳에서 깊은 곳으로 배를 밀어 나갈 때에 쓰는 긴 막대기.
키　배의 방향을 조종하는 장치.
놋좆　배 뒷전에 자그맣게 나와 있는 나무못. 노의 허리에 있는 구멍에 이것을 끼우고 노질을 한다.

배가 움직이기 시작했다. 어둠 속에 썰물을 타고 달아나는 뱃머리에 부딪는 물결 소리만이 아우성에서 멀어져 가는 새벽의 고요를 깨뜨렸다.

"알맞은 샛마〔西南風〕라, 돛을 올리제."

털보 영감의 의기를 띤 소리였다. 용바우와 두칠이는 돛대를 발바닥으로 지그시 밀면서 총줄을 팽팽히 죄었다. 용두줄을 당기어 뒷장에 꼽을돛〔大帆〕을 올리고 허리돛마저 올렸다. 새벽 바람에 활처럼 탱겨진 돛은 바람 먹은 복어가 물 위에 떠가듯 가볍게 미끄러졌다.

안개를 벗어난 지 이윽해서 용바우는 멀리 홍도(紅島)께를 내다보았다. 먼동이 트기 시작하나 수평선은 아직 어둠 속에 잠겼다. 아득히 석끼미 등대불만이 깜박거렸다.

용바우의 머리에는 간밤 진주알 같은 눈망울로 쳐다보던 북술이의 모습이 떠올랐다. 가슴이 뛰었다.

'만선을 해 갖구 들어가야제.'

이렇게 바다로 나가는 것이, 아니 사는 것이 모두 북술이 때문에 보람 있는 것같이 그런 심정으로 자꾸만 이끌어졌다.

총줄 돛대를 매는 줄.
용두줄 용두에 매어진 줄.
　용두 배의 돛대 꼭대기 부분.
꼽을돛 돛 중에서 가장 큰 돛.
허리돛 돛대를 세 개 세운 배에서, 고물 즉 배의 뒤쪽 부분에 단 돛.
탱겨지다 '팽팽하게 부풀어오르다'는 뜻인 듯하다.
이윽하다 '이슥하다'의 사투리. 지난 시간이 얼마간 오래다.

'언제 누가 큰애기로 늙는당께.'

북술이의 말소리가 아직도 귓가에서 떠나지 않았다.

큰 바닥에 나오니 바람은 휘몰아치고 너울은 점점 거세어졌다.

"치(키)를 좀 외로 틀제."

이무장〔前舷〕에 걸터앉은 털보 영감은 뒷장에 서 있는 용바우를 건너다 넌지시 한마디 던지고는 담배를 피워 물었다. 털보 영감은 까칠해진 손을 비비면서 아들놈도 장성해 가니 이제 금년으로 뱃길은 끝내야겠다고 생각에 잠겼다. 그리고는 애숭이 같은 것이 그래도 하이칼라랍시고 머리 밑을 도리고 다니는 아들 녀석의 굵어가는 뼉다구를 가늘어진 눈언저리에 그리며 만족한 듯한 미소를 입 가장자리에 여물렸다.

아직도 갯가에 서 있는 박 영감은 지금쯤은 배가 옥섬〔玉島〕 모퉁이는 돌았겠다고 생각되었다. 뭇 배가 다 떠나고 갯밭이 조용해질 때까지도 박 영감은 돌처럼 그 자리에서 움직이지 않았다.

얼마 동안을 지났던지 비금도(飛禽島) 쪽에 포개졌던 엷은 구름이 가시고 햇발이 솟아오르기 시작했다. 육십 평생 보아 온 하늘이건만 하루도 똑같은 날은 없었다.

바닥 '바다'의 남도 사투리.
너울 바다의 크고 사나운 물결.
이무장 '전현(前舷)'이라는 한자가 병기된 것으로 보아 '배 앞부분의 뱃전'을 말하는 듯하다.
하이칼라(high collar) 예전에, 서양식 유행을 따르던 멋쟁이를 이르던 말.

'바다가 유헨덕이라면 하늘이사 제갈량이제,* 참 조홰야, 암만 가구 싶어도 하누님이 말면 못 가이께.'

박 영감의 눈은 동녘 하늘에 못 박히고 있다. 활대구름이 허리띠처럼 가로놓여 있기 때문이었다.

'거기다 해까지 노란 씨레를 달았군, 옘평[연평] 가마깨에서 배가 곤두박질한 것도 저 구름이었다. 아들놈이 서바닥 호쟁이꼴에서 소식이 없어진 것도 바로 저 구름이었지……. 오늘 밤엔 하누바람[北風]이 터질 테라.'

갯밭에서 마을 길로 옮기면서도 박 영감의 시선은 항시 구름에서 떨어지질 않았다.

누더기가 되다시피 한 솜옷 위에 언젠가 데구리 선장이 던지고 갔다는 군복 잠바를 걸친 박 영감은 뒤로 보아서는 야윈 얼굴이 짐작될 바도 아니나 옆에서 치켜 보면 목덜미의 힘줄이 지렁이처럼 내솟구고 있다.

'올 해사나 잘 되문 가알에는 성례(成禮)를 시켜야제.'

---

* 바다가 유헨덕이라면 하늘이사 제갈량이제 유현덕(유현덕, 유비)과 제갈량은 『삼국지』에 나오는 인물로, 제갈량은 유현덕(유비)의 모사로서 유현덕이 없었더라면 제대로 전쟁을 치르지 못했을 것이다. '바다가 유현덕이라면 하늘은 제갈량이다'라는 말은 바다의 일은 하늘의 뜻에 달렸다는 의미이다.
조홰 조화(造化). 어떻게 이루어진 것인지 알 수 없을 정도로 신통하게 된 일.
활대구름 활대, 즉 활의 몸체 모양의 구름.
데구리 저인망(底引網), 곧 바다 밑바닥으로 끌고 다니면서 물고기를 잡는 자루 모양의 그물을 뜻하는 일본어.
해사(海事) 바다에 관한 모든 일. 여기에서는 '고기잡이'를 의미한다.
성례(成禮) 혼인의 예식을 치름.

박 영감은 한순간 흐뭇한 기분으로 중얼거렸다. 북술이는 귀엽고 용바우는 고마웠다. 멀리 안개로 들어서는 긴차쿠(巾着船)의 고동 소리가 박 영감에게는 못마땅했다.

 해초(海草) 뜯기는 조금께가 제일 알맞았다. 북술이는 바구니를 들고 까막바위 쪽으로 돌아갔다.
 정이월부터 삼사월까지는 자반과 우무를 뜯고, 오뉴월이면 잠질해서 생복이나 성게를 땄다. 칠팔월에는 미역이 한창이었고, 구시월 접어들어 동지섣달까지는 김(海苔)을 주웠다. 갯밭을 파는 조개잡이는 사철 가리지 않아 이렇게 까막개 아낙들은 여름은 여름대로 겨울은 겨울대로 바다와 더불어 손끝이 닳아갔다.
 "잉아, 북술이 니는 뭍(陸地)에 가봤제."
 작년 봄에 과부가 된 새댁이 북술이 허벅다리를 꾹 찔렀다.
 "응 한 번."
 "나도 꼭 한 번 목포에……."
 큰애기 머리채처럼 치렁치렁한 자반 포기를 바구니에 주워

긴차쿠 '건착망(巾着網)'으로 고기잡이를 하는 배인 '건착선'의 '건착'을 일본어로 발음한 말. 건착망은 고기잡이 그물의 하나로, 띠 모양의 큰 그물로 고기를 둘러싸고 줄을 잡아당기면 두루주머니를 졸라맨 것처럼 되어 고기가 빠져 나가지 못하게 된다. 고등어, 다랑어, 정어리 따위를 잡는 데 쓴다.
 두루주머니 허리에 차는 작은 주머니. 아가리에 주름을 잡고 끈 두 개를 좌우로 꿰어서 훑치며, 위는 모가 지고 아래는 둥글다.
잠질 해녀가 바다 속에 들어가 해산물을 채취하는 일.

담던 그들은 허리를 폈다. 그들의 눈길은 멀리 동쪽 기좌도(箕佐島) 팔금도(八禽島)의 희미한 능선에 머물렀다. 까막개 큰애기들에게는 뭍이 향수(鄕愁)처럼 그리웠다.

"인자 그만 뭍에 가 살았으문……."

새댁은 바위 끝에 주저앉으며 동의를 구하는 듯한 눈매로 북술이를 쳐다보았다. 북술이의 마음도 그러했다. 바다를 떠나서는 살 수 없으면서도 해마다 그 꼴로 되풀이되는 섬 살림이 이젠 진절머리가 났다.

"그라문 새댁은 뭍으로 가제."

"북술이는 용바우가 있으끼로 안 되지라우."

"……."

북술이의 가슴은 화살을 맞은 것 같았다. 사실 북술이도 뭍이 뼈저리게 그리웠다.

"누가 용바우 때문이라우."

"유왕제 전날 밤도 살그미˙ 새어서 용바우를 만났재."

"……."

머리를 저었으나 북술이의 얼굴은 붉어졌다.

지난여름 물을 실어간 건착선의 곱슬머리가 찾아왔다.

"북술이, 금년에도 물 좀 부탁해."

살그미 남이 모르게 살며시.

"야."

"이거는 빨래고."

곱슬머리가 다녀간 후 보따리를 헤치니 빨랫비누 세 개와 담뱃갑이 굴러 나왔다.

할아버지는 그거는 왜 받았느냐고 몹시 나무랐다. 그러나 얼마 안가서 노인은 풀잎을 썰어 피우던 쌈지를 밀어 놓고 궐련을 끄집어내기에 북술이도 겨우 마음을 놓았다.

떠나는 뱃길이 썰물이라면 돌아오는 뱃길은 밀물이었다. 갯벌은 장작 횃불에 야시(夜市)처럼 환했다. 그러나 간밤부터 몰아치는 돌개바람은 아직도 가라앉지 않고 너울은 굶주린 이리 떼처럼 태질을 했다.

마을 사람들은 나루터에서 밤을 새웠으나 아직도 배 세 척이 돌아오지 않았다.

열흘 만에야 하태도(下苔島)에 불려 갔던 구장네 배가 돌아왔다. 그러기에 그들은 아직도 한 가닥의 희망은 버리지 않았다. 이제 순돌이네 배와 용바우가 탄 배만 돌아오면 되었다.

쌈지 '담배, 돈, 부시 따위를 싸서 가지고 다니는 작은 주머니'를 뜻하는데, 여기에서는 그 쌈지 속에 든 풀잎 담배를 가리킨다.
궐련(卷煙) 얇은 종이로 가늘고 길게 말아 놓은 담배.
야시(夜市) 야시장. 밤에 서는 시장.
돌개바람 회오리바람
태질 세게 메어치거나 내던지는 짓.
구장(區長) 예전에, 시골 동네의 우두머리를 이르던 말.

바다는 언제 그런 폭풍우가 있었느냐는 듯이 시치미를 딱 떼고 거울같이 맑았다. 마을 사람들은 아무 일도 없은 듯이 또 배를 타고 바다로 나갔고, 아낙네들은 바구니를 들고 갯벌로 나갔다.

북술이는 나왕봉 꼭대기로 올라갔다. 이 마루턱에 서면 멀리 홍도가 검은 바윗빛으로 나타나고 그 사이에 호쟁이꼴이 가로 놓여 있기 때문이었다.

북술이의 마음속에는 용바우가 꼭 살아서 돌아올 것만 같은 생각이 들었다. 북술이는 하루 종일 홍도 바다에 눈을 박고 장승처럼 섰다. 그러나 해가 하늘 끝에 기울어도 수평선에 까물거리는 고랫배〔捕鯨船〕외에는 낯익은 아무것도 나타나지 않았다.

북술이 아버지 제삿날 밤이었다. 같은 날에 세 사람의 제사였다. 그러나 까막개에는 이것이 그렇게 신기한 일은 아니었다. 다행히 같은 배에서 살아오는 사람이 있으면 죽은 날이 밝혀졌고, 기다리다 지쳐서 단념을 하게 되면 떠나던 날이 제삿날로 되었다.

바다는 그들에게서 눈물을 훑어 갔고 한숨마저 뿌리째 빼어 갔다.

"하이끼로* 구만 예(禮)를 올리제."

희망 잃은 구장의 말이었다. 그러나 아무도 대꾸하는 사람이 없었다. 성복(成服)을 한다는 것은 망령(亡靈)에 대한 산 사람들의 정성이겠지만 가족들에게는 그것이 혹 살아올지도 모르는 요행마저 도려 가는 것 같아서 석 달이고 반년이고 파묻어두는 일이 예사였다.

"그놈의 기골이 그라케 비명으로 죽을 놈은 아닌디."

무거운 침묵을 깨뜨리고 박 영감의 입이 열렸다.

"글쎄 인실이 아부지도 그때 석 달 만에 살아왔으니께."

다른 사람에게 틈을 주지 않고 불길(不吉)을 막으려는 듯 용바우 어머니가 가로챘다.

"인실이 아부지 같은 천명(天命)이야 어떻게 바란다우. 대마도까지 불려 갔으니께."

하나도 이치에 어긋나는 이야기가 아니건만 가족들은 구장의 말이 제각기 못마땅하였다.

"그놈의 긴차쿠 요다키(夜焚)인가 불바다가 돼 가지구 하룻밤에 우리가 잡는 일 년 몫을 쓸어 가는지라, 나갈 제는 소 잡으라 나가는 것처럼 소리치고 나가지만 들어올 때는 죽을 지

하이끼로 '하여간에'의 사투리인 듯하다.
❋ 예를 올리제 바다에 나가 돌아오지 않는 사람들의 장례를 치르자는 말이다. 지금 북술이 아버지를 비롯하여 세 사람의 제사를 지내는 자리에서, 용바우가 타고 나간 배도 돌아오지 않으니까 이제 장례를 치를 때가 되었다는 이야기이다.
성복(成服) 초상이 나서 처음으로 상복을 입음. 보통 초상난 지 나흘 되는 날부터 입는다.
망령(亡靈) 죽은 사람의 영혼.
기골(氣骨) 기혈과 뼈대 또는 겉으로 드러나 보이는 기백과 골격을 아울러 이르는 말.
비명(非命) 제명대로 다 살지 못하고 죽음.
요다키 등불을 비쳐 고기를 모이게 하여 잡는 방법을 뜻하는 일본어.

경으로 들어오니께."

박 영감의 말이었다.

"데구리까지 제멋대로 끌고 당기이께 양짝서는 퍼실어도 가운데서는 못 잡지라우."

곱사등이 입을 내밀었다.

"왜정˙ 때만 했어도 연해(沿海)˙ 삼십 마일 밖에라야 데구리 허가를 했는데 요새는 손 앞에서 막 해먹으니께로 고기 종자가 없제."

도무지 세상 되어먹는 꼴이 눈꼴사납다는 듯한 구장의 말투였다.

"맹아더론(맥아더 라인)˙, 그것도 상관없는지라."

이번에는 구레나룻의 주걱턱이 맞장구를 쳤다.

까막개의 밤은 이야기로 새었고, 주리고 부은 얼굴들엔 그렇게라도 해야 어지간히 화풀이가 되었다.

벌써 두 달이 꼬박이 흘러갔다. 마을 사람들은 길어진 해가 원망스러울수록 허리띠를 더 졸라맸다. 집집마다 계량(繼糧)˙이

왜정(倭政) 일본이 침략하여 강점하고 다스리던 정치.
연해(沿海) 육지에 가까이 있는 바다. 즉 대륙붕을 덮고 있는 바다를 이른다.
맥아더 라인(MacArthur Line) 1945년 10월 미국의 극동 주둔군 사령관 맥아더 장군이 일본인의 어로(漁撈) 활동 범위를 획정한 제한선. 1952년 4월 샌프란시스코 조약 발효와 더불어 소멸되었다.
계량(繼糧) 한 해에 추수한 곡식으로 다음 해 추수할 때까지 양식을 이어 감. '계량이 끊어졌다'는 것은 그 전 해에 추수한 곡식을 이미 다 먹었다는 의미이다.

끊어졌다.

이젠 그들의 입에서 털보 영감이나 용바우 이야기가 점점 사라져 갔다. 기억 속에서도 아지랑이처럼 흐려갔다. 그러나 북술이만은 날이 갈수록 용바우의 윤곽이 더 뚜렷이 돋아 올랐다. 구릿빛으로 타는 얼굴이 눈에 선했다.

북술이는 나루터로 나갔다. 어젯저녁 꿈자리가, 오늘은 꼭 용바우가 돌아올 것만 같았다. 그러나 밤이 이슥하도록 고기가 낚이지 않아, 빈 배로 돌아오는 마을 사람들의 시들어진 얼굴 속에 용바우의 모습은 보이지 않았다.

이튿날 아침 북술이는 묵을 쑬 우무를 고아서 동이에 받아 놓고 집을 나섰다. 인실이 어머니를 찾아 산으로 올라갔다. 벌써 달포나 우려먹은 우무묵과 자반나물에 시달려 종아리가 허전했다.

칡〔葛〕뿌리 파기에는 힘이 겨워 송기〔松皮〕를 벗겼다. 소나무의 곧은 줄기라곤 다 없어지고 앵돌아진 가지밖에 남지 않았다. 한나절이 지나서야 송기는 바구니에 반이나 찼다.

"북술애 쪼금 쉬재이."

"그라제라우."

동이 질그릇의 하나. 흔히 물 긷는 데 쓰는 것으로 배가 둥글고 아가리가 넓으며 양옆으로 손잡이가 달려 있다.
송기(松肌) 소나무의 속껍질. 쌀가루와 함께 섞어서 떡이나 죽을 만들어 먹기도 한다.
앵돌아지다 방향을 바꾸어 홱 틀어지다.

인실이 어머니가 주저앉은 옆에 북술이도 다리를 뻗고 앉았다. 인실이 어머니의 얼굴은 멀쑥하게 부었다. 만삭(滿朔)이 되어서 그런지 몸뚱어리도 부은 것같이 유별히 크게 보였다.

인실이 어머니는 다리를 쭉 펴고 정강이를 엄지손가락으로 꾹 눌렀다가 떼었다. 한참 있어도 손가락 자리는 부풀지 않았다.

"이렇게 배도 부었제라."

북술이는 마음이 쓰렸다. 이번에는 그 손가락으로 북술이의 정강이를 더 힘주어 눌렀다.

북술이 다리도 손가락 자리가 옴폭했다. 그러나 손바닥으로 문지르니 그 자리는 금방 그대로 되었다. 북술이는 제 손가락으로 이렇게 되풀이하면서 쓴웃음을 지었다.

인실이 어머니는 북술이 다리를 베고 누워 북술이에게 머릿니를 잡히면서 이야기를 시작했다.

"북술이는 꼭 지 어무니를 닮았제, 고 입이 더. 북술이 어무니는 소문나게 고왔제라, 마을 머시마들이 오금을 못 썼으이께. 그란디 육지루만 씨집가겠다구 그라는지라."

처음 듣는 이야기였다. 북술이는 이 잡던 손을 멈추고 인실이 어머니 입만 내려다보았다.

만삭(滿朔) 아이 낳을 달이 다 참. 또는 달이 차서 배가 몹시 부름.
머릿니 잇과의 곤충. 몸의 길이는 수컷은 2~3mm, 암컷은 2.5~4mm로, 연한 회색이며, 복부의 가장자리는 어두운 회색이다. 날개가 없고 배는 긴 타원형이며 사람의 머리에서 피를 빨아 먹는다.
오금을 못 쓰다 몹시 마음이 끌리거나 두려워 꼼짝 못하다.

흑산도

"그랴, 북술이 아부지가 흑도에 장가를 갔었는디 가서 잔칫날 각씨를 다리고 오고는 사흘 만에 첫질˙ 가는디 풍파가 심했어라. 좋은 날 받아 갈라니 또 풍파가 일구 또 일구 그래서 북술이를 나갖구 첫질을 갔재라."

북술이는 침을 꿀꺽 삼키고 또 인실이 어머니의 입만 지키고 있다.

"그란디 그 다음 해 호쟁이꼴에서 그만 북술이 아부지가……"

인실이 어머니는 숨을 길게 들이켰다. 북술이의 눈언저리가 흐려졌다.

"북술이 어무니는 날마다 나왕봉에 올라갔제라. 석 달을 두고……. 옛날에도 그래 망부석(望夫石)˙이 있어라. 그런디 인실이 아부지 오이께[오니까] 소식을 듣고 병이 났지라."

북술이의 눈물이 인실이 어머니의 이마에 떨어졌다.

"그런디 북술이 어무니는 밤에 없어졌제라."

"어디로?"

잠자코 듣고만 있던 북술이가 다급하게 물었다.

"물에 빠져 죽었다이께……. 육지에서 봤다는 사람도 있제."

"육지에……."

첫질 '(결혼하고 나서) 처음으로 배 타고 고기잡이 나가는 일'을 의미함.
망부석(望夫石) 정조를 굳게 지키던 아내가 멀리 떠난 남편을 기다리다 그대로 죽어 화석이 되었다는 전설적인 돌. 또는 아내가 그 위에 서서 남편을 기다렸다는 돌.

어머니가 죽었다고만 들은 북술이는 제 귀를 의심했다. 육지가 어머니의 젖가슴처럼 그리워졌다. 북술이는 급기야 흐느껴 울었다. 인실이 어머니는 무릎에서 일어났다.

"울지 말라이께, 다 옛말이라, 인자 북술이도 육지로 씨집을 가야제."

북술이는 용바우가 돌아오지 않는 바다라면 정말 싫증이 났다. 바다가 미워졌다. 아예 바다를 떠나야만 살 것 같았.

북술이의 머리에는 건착선의 곱슬머리가 떠올랐다. 육지에 같이 가 살자고 그렇게 조르는 곱슬머리에게 오늘은 대답하리라고 마음먹었다.

북술이는 정지에 들어서자 난데없는 자루에 눈이 둥그레졌다. 풀어보니 쌀자루에 고무신 한 켤레가 들어 있었다. 그러잖아도 풀물만 마시고 누워 있는 할아버지에게 쌀미음 한 그릇이라도 따끈히 권하고 싶은 요사이의 심정이었다.

"한아부지 쌀이라우."

방 쪽을 향하여 묻는 말이었다.

"응 북술이라. 그 긴차쿠 젊은이가 가져왔지라."

지난번 담배 때와는 딴판으로 별로 나무라는 눈치는 아니었다.

오래간만에 다루어 보는 쌀이었다. 북술이는 쌀을 한 움큼 쥐어서는 부서져라 비비고 손바닥을 살그머니 폈다. 오드득 소리

나게 마른 쌀이 손가락 사이로 간지럽게 흘러 내려갔다.

　이번에는 고무신을 신어 보았다. 발에 맞기는 하나 눈처럼 흰 빛이 소복(素服) 같아서 용바우에 대한 무슨 불길한 예감이 떠올라 겁이 났다.

　그러나 미음 솥에 불을 지피면서도 북술이는 오래간만에 가슴이 후련했다. 부지깽이로 정짓문을 내밀치고 마당에 나섰다. 당산 끝 낭떠러지에 팽꽃이 한창이었다. 둔부꽃도 피기 시작했다. 동박새가 짝을 찾는지 찢어지는 소리를 내며 숲속으로 사라졌다. 저녁노을이 나왕봉 마루에 걸렸다. 차츰 땅거미가 산골짜기에서 갯벌로 퍼졌다.

　할아버지는 쌀미음에 구슬땀이 흘렀다. 북술이도 치마끈을 늦추었다. 그러나 할아버지도 손녀도 다시는 쌀자루에 대한 이야기는 없었다.

　까막조개 등잔에서 뱀 혀끝 같은 심지가 빠지작빠지작 타 들어갔다.

　새벽에 진통이 시작하였다는 인실이 어머니가 해질 무렵에 어린애가 걸린 대로 죽었다는 소문이 온 마을에 퍼졌다. 다물도(多物島)에 배를 가지고 갔던 인실이 아버지가 의사를 모시고 돌

소복(素服) 하얗게 차려입은 옷. 흔히 상복으로 입는다.
부지깽이 아궁이 따위에 불을 땔 때에, 불을 헤치거나 끌어내거나 거두어 넣거나 하는 데 쓰는 가느스름한 막대기.
정짓문 부엌문.

흑산도

아온 것은 이미 운명한 뒤였다.

　북술이는 송기 벗기러 갔을 때의 손가락 자리가 종시 솟아나지 않던 인실이 어머니의 다리가 자꾸만 눈앞에 어른거렸다. 나도 시집을 가면 저러랴 싶으니 등골이 오싹했다.

　'의사가 있는 육지에 가 살아야지.'

　북술이의 마음은 자꾸만 육지로 줄달음쳤다.

　곱슬머리가 사흘째 찾아왔다.

　"긴차쿠가 내일 저녁 목포로 떠나, 꼭 같이 가지?"

　"그라제라우!"

　북술이의 눈망울은 안개보다 깊었다.

　"내일 저녁 해 떨어지문 곧……."

　"야."

　"까막바위로 와."

　"가지라우."

　곱슬머리에게 승낙을 하고 난 북술이의 마음은 한 곬으로 정해졌다. 육지에 가서 자리만 잡으면 할아버지도 모시자는 곱슬머리의 눈동자에는 진정이 고였다고 생각되었다.

　자기를 아껴 주는 사람이면 다 고마웠다. 북술이의 머리에는 언제인가 한 번 보았던 육지의 화려한 모습이 그물코처럼 연달

곬　한쪽으로 트여 나가는 방향이나 길.

아 떠올랐다. 기차를 타고 자꾸자꾸 가고만 싶었다. 곱게 생겼다는 어머니의 얼굴도 그려 보았다. 그럴수록 북술이의 머릿속은 엉클어져 뜬 눈으로 밤을 새웠다.

  집을 나선 북술이는 끝내 까막바위로 나갔다.
  해는 수평선에 가라앉았다. 어둠이 밀물처럼 스며들었다.
  뎀마˚(거룻배)가 까막바위에 와 닿았다. 그러나 북술이는 보이지 않았다. 곱슬머리는 북술이가 자기를 놀라게 하려고 숨었나 싶었다. 몇 차례나 바위를 돌았다. 아무리 돌아도 북술이의 모습은 찾을 길 없었다.
  곱슬머리는 뎀마를 나루터로 돌렸다. 그러나 마을 어느 구석에도 북술이의 그림자는 찾아볼 수 없었다. 건착선에서는 연달아 고동이 울려왔다. 뎀마가 갯가에서 사라진 후 얼마 안 되어 건착선은 앞개를 떠났다.
  까막바위에 선 북술이의 눈앞에는 고래등 같은 용바우가 가로막고 섰다. 할아버지의 꿀대˚를 파고 솟구치는 가래침 소리가 목덜미를 잡았다. 다음 용왕당과 나루터와 갯벌이 머릿속이 비좁게 감돌았다.

뎀마 '전마선(傳馬船)'의 '전마'를 일본말로 발음한 것. 전마선은 큰 배와 육지 또는 배와 배 사이를 다니며 연락을 하거나 짐을 나르는 작은 배를 뜻한다.
꿀대 '목울대'를 가리키는 듯함.
  목울대 목구멍의 중앙부에 있는 소리를 내는 기관.

흑산도

'그라문 씨집도 안 가구 큰애기로 늙으라제.'

용바우의 황소 같은 목소리가 어깻죽지를 붙잡았다.

뎀마의 물 가르는 소리가 점점 까막바위로 가까워 왔다.

북술이는 갑자기 마을 쪽으로 쏜살같이 달아났다. 용바우가 내일 틀림없이 연락선으로 돌아올 것만 같았다.

까막개의 아낙네들은 그리다가 목마르고, 기다리다 지쳐서 쓰러지면서도 바다와 더불어 살았다.

자리를 털고 일어난 박 영감은 끌과 자귀˙를 들고 밖으로 나섰다. 굴뚝 뒤 바위 위에 엎어놓은 낡은 조깃배˙를 끌어 내렸다. 해풍에 강마른˙ 뱃바닥에 햇볕이 새었다. 박 영감은 앨기˙ 끝에 배꼴을 끼워 벌어진 틈을 메우기 시작했다. 부러진 노를 이었다. 박 영감은 아픈 허리를 두드리면서 아들보다 용바우가 더 그리웠다.

저물녘에는 짚불을 피워 배연애가 까맣게 된 근깃배가 나루터에 떴다. 배 윗장에서 이마에 손을 대고 북녘 하늘을 쳐다보는 박 영감의 긴장된 얼굴이 엷은 경련을 일으켰다.

'갈바람〔南風〕이제, 고기사 밤에 잘 물제라.'

자귀 나무를 깎아 다듬는 연장의 하나. 나무 줏대 아래에 넓적한 날이 있는 투겁을 박고, 줏대 중간에 구멍을 내어 자루를 가로 박아 만든다.
조깃배 조기잡이에 종사하는 배.
강마르다 (사물이) 물기나 습기가 없이 메마르다.
앨기 선체의 튼 곳을 메우는 기구. 전남 지방의 사투리.

주낙(줄낚시)을 실은 박 영감은 뼈만 남은 양 어깨가 부서지도록 노를 저었다. 배는 나루터에서 멀어져갔다. 바다는 속물이 약해지는 첫 게끼였다.

박 영감의 가슴에는 장수라는 별명을 듣던 삼십 대의 시절이 번개같이 어렸다.

'혼자서 셋 몫은 실히 해넘겼겠다. 유왕제가 끝나면 첫 조금에서 열 물을 넘어 마지막 게끼를 되풀이하는 사이 서바닥에서 한몫 보구, 간나안 앞바닥에서 상어잡이가 끝나면 칠산에서 옘평까지 조기 떼를 따라 물줄기를 거스르며, 용호동에서 만선에 기를 지르고 강화(江華)로 들어갔겠다. 생선회에 한 말 술을 기울이면 객줏집 계집들도 노상 파리 떼 모이듯 했겠다.'

흥겨웠던 뱃노래가 어제 일같이 또렷했다.

어야 디어—어가이여—차
영—차 영—차
우리네 배 임자 신수가 좋아서
칠산 옘평에 도장원 하였네

게끼 매달 음력 5, 6일과 20, 21일쯤의 서해안의 조수(潮水).
물 바다에 친 그물을 추어올려서 한 차례씩 물고기를 잡아내는 일.
객줏집(客主-) 이전에, 남의 물건을 맡아 팔거나 흥정을 붙여 주며, 그 상인들을 재워 주는 영업을 하는 집을 이르던 말.

어— 요에— 어— 야

우리 배 사공님 정심이 좋아서

안암퓨 두 물에 만선이 되었네

어— 요에— 어— 야

멀리 나루터의 북술이 그림자가 주먹만큼 했다가 팥알만큼 변하는 대로 박 영감의 시야에서 아물아물 사라졌다.

흑산도(黑山島)!

숙명처럼 발목을 매어 잡는 이름이었다.

할아버지의 배가 사라진 영산(影山) 모퉁이에서 옮겨진 북술이의 눈은 하늘을 건너 아득한 육지 쪽에 얼어붙었다.

해풍에 나부끼는 머리카락 밑으로 저녁노을에 비낀 양 뺨은 흠뻑 젖어들었다.

■ 『현대한국문학전집5 – 전광용 외』(신구문화사, 1981)

신수(身手) 용모와 풍채를 통틀어 이르는 말.
도장원(都壯元) 장원(壯元). 여럿이 겨루는 경기나 오락에서 첫째를 함. 또는 그런 사람.
정심 '마음을 올바르게 가짐. 또는 그 마음'을 뜻하는 '정심(正心)'인 듯하다.
안암퓨 '안팎'의 사투리.
비끼다 비스듬히 비치다.

흑산도
작품 해설

● 등장인물 들여다보기

| 북술이

아버지는 일찍 바다로 나가 돌아오지 않고 어머니는 흑산도를 떠나 할아버지인 박 영감과 함께 살고 있는 흑산도 처녀입니다. 박 영감과 함께 뱃일을 하는 용바우라는 청년과 사랑하는 사이지요. 그런데 용바우가 어느 날 바다로 나가 돌아오지 않습니다. 역시 폭풍우로 사고를 당해 바다에서 죽은 것으로 여겨지지요. 그러던 중 외래 어선을 타고 흑산도에 들른 '곱슬머리'가 북술이에게 접근해 옵니다. 비누와 할아버지가 피울 담배, 쌀 등을 선물하면서 함께 육지로 떠나자고 유혹하지요. 북술이는 용바우를 삼킨 바다가 미운 데다가 온갖 문명의 혜택을 누리며 살 수 있는 육지가 그리워서 곱슬머리의 청을 받아들입니다. 마침 그녀의 어머니를 육지에서 본 사람도 있다는 이야기를 전해 듣기도 했어요.

그러나 정작 약속한 장소에 간 복술이는 자신을 사랑하던 용바우의 모습, 해소병에 걸린 유일한 가족인 할아버지에 대한 걱정, 자신이 늘 친숙하게 드나들던 고향 마을 여기저기가 떠올라 곱슬머리와의 약속을 어깁니다. 고향 흑산도를 떠나지 않기로 결심한 것이지요. 그러나 할아버지가 다시 고기잡이를 시작해서 바다로 떠나는 날, 할아버지를 배웅하는 북술이의 눈은 하늘을 건너 아득한 육지 쪽에 얼어붙지요. 그러므로 북술이는, 흑산도 주민들을 숙명처럼 사로잡고 있는 자연 재해로 인해 가족이나 연인을 잃고서도 꿋꿋이 삶의 터전을 지켜 나가는 주인공으로, 섬을 떠나 육지로 가고자 하는 욕망과 섬을 지켜야 한다는 윤리의식 사이에서 갈등하는 모습을 보여 주는 인물입니다.

용바우

흑산도의 건강한 청년으로 북술이와 사랑하는 사이지만, 어느 날 만선의 꿈을 안고 배를 타고 나가 돌아오지 않습니다. 열다섯 살 때부터 북술이 할아버지인 박 영감과 함께 배를 탔고 세월이 박 영감에게 노쇠함을 가져다주는 동안 건강하게 성장하여 이제는 자신이 박 영감의 몫까지 하겠다며 기침이 심한 박 영감을 주저앉히고는 배를 타고 나갔다가 변을 당한 것이지요. 바다와 맞서며 건강하게 살아가는, 그러나 늘 위험을 안고 살아가는 흑산도 어민들의 삶과 운명을 전형적으로 보여 주는 인물이라 할 수 있어요.

박 영감

북술이의 할아버지이자 흑산도의 어부로서 용바우와 함께 배를 타다가 최근에는 기침이 심해 용바우의 청에 따라 배를 타지 않습니다. 건강하게 자란 용바우를 흡족하게 지켜보며 내심 자신의 손자사위 감으로 꼽아 왔으나, 용바우가 돌아오지 않자 다시 배를 손질하여 고기잡이에 나섭니다. 곱슬머리라는 외부 청년이 북술이에게 접근하는 것을 못마땅해 하다가 용바우의 죽음이 확실해지자 곱슬머리에 대한 태도가 누그러지는데, 이는 아마 북술이가 그를 따라 섬을 떠나기를 바라는 속 깊은 마음에서 우러나왔을 겁니다. 마지막 장면에서 자리를 털고 일어나 배를 손질해서 바다로 나가는 그의 모습에서 흑산도 어민들의 끈질긴 생명력을 읽을 수 있습니다.

곱슬머리

흑산도 어민들이 전통적인 어로 작업을 하고 있는 데 반해 건착선이라는 신식 어선을 타고 고기잡이를 하는 흑산도 외부 인물로, 물을 싣기 위해 배가 흑산도에 정박한 틈을 타서 북술이에게 접근하는 청년입니다. 마침 육지로 떠나고 싶어 하는 북술이의 마음을 움직여 함께 떠나자는 약속을 받아내지만, 북술이의 변심으로 뜻을 이루지 못하지요. 전통적인 삶의 방식을 유지하고 있는 흑산도에 가해지는 변화의 압력을 상징하고, 섬을 떠나고 싶어 하는 북술이의 욕망을 부추기는 인물이라 할 수 있습니다.

● 작품 Q&A

"선생님, 궁금해요!"

Q 이 작품의 공간적 배경은 흑산도인 것이 분명한데, 시간적 배경은 모호해요. 언제 이야기인가요?

A 공간적 배경은 제목 그대로 흑산도이지요. 작품 내내 흑산도를 벗어나지 않고요. 시간적 배경에 대해서는 별다른 언급은 없으나, 그렇다고 단서가 전혀 없는 것은 아니에요. 흑산도 주민들은 비교적 전통적인 기술로 고기를 잡고 있으나, 한층 더 발전한 기술을 이용하여 고기잡이를 하는 외래 어선들이 등장하지요. 즉, 바다 밑바닥까지 훑어 고기를 잡는 '데구리', 불을 훤하게 밝혀 고기잡이를 하는 '요다키'와 같은 어업 기술이 등장하던 무렵의 일임을 알 수 있지요. 다만 언제부터 이런 기술들이 도입되었는지를 확인하기가 쉽지는 않아요.

그러나 그보다 더 분명한 단서가 흑산도 주민들의 대화에서 등장해요. 구장이 "왜정 때만 했어도 연해(沿海) 삼십 마일 밖에라야 데구리 허가를 했는데 요새는 손 앞에서 막 해먹으니께로 고기 종자가 없제."라고 말하고 있으므로 '왜정' 곧 일본의 식민지 지배가 끝난 뒤임을 알 수 있고, 그 말을 받아 '구레나룻의 주걱턱'이 "맹아더론(맥아더 라인), 그것도 상관없는지라."라고 말하는데, 일본의 어로 활동 범위를 제한하던 맥아더 라인은 1952년에 소멸되었으므로 이 작품은 해방 이후부터 1952년 사이의 시기를 배경으로 하고 있음을 알 수 있답니다. 물론 어부들이 맥아더 라인의 소멸 소식을 아직 듣지 못했을 수도 있으므로 1952년 이후일 가능성도 있지요.

Q 용바우가 돌아오지 않는 건 아마 바다에서 사고를 당해 죽었기 때문이겠지요? 용바우가 바다로 나갈 때 박 영감이 하늘을 두고 걱정한 것을 보면, 아마 날씨 때문에 사고를 당해 죽은 것이겠지요?

A 그렇지요. 용바우가 탄 배는 돌아오지 않았기 때문에 무슨 일이 있었는지는 알 수가 없답니다. 작품은 전지적 작가 시점이긴 하지만, 용바우가 배를 타고 흑산도를 떠난 뒤에는 용바우에 대해서 우리에게 알려 주는 바가 전혀 없지요. 그러나 작품 속에 등장하는 여러 가지 단서는 용바우의 배가 폭풍우로 인해 사고를 당해 돌아오지 않았음을 짐작할 수 있게 해 주지요.

지적한 대로, 용바우가 배를 타고 떠날 때, 박 영감이 시기를 늦추라고 충고하였는데 용바우가 듣지 않은 점, 용바우가 떠난 뒤 박 영감이 하늘의 구름을 보며 옛날에 사고가 났을 때와 같은 구름인 것을 알고 걱정을 하는 모습, 함께 바다로 나갔던 배들이 돌아오기 전에 폭풍우가 일고 돌개바람과 너울로 인해 바다가 사나웠고, 세 척이 돌아오지 않다가 한 척만이 열흘만에 돌아왔다는 점 등을 종합해 보면, 용바우가 타고 나간 배는 아마도 그 폭풍우로 인해 파선이 되어 돌아오지 않은 것으로 추측할 수 있겠네요.

Q 그렇다면 이 작품의 인물들, 즉 어민들의 운명은 자연 환경에

크게 지배당하고 있는 거네요. 작품의 갈등이 인간 대 자연으로 이루어져 있는 건가요?

A 인류가 생존해 온 이래로 자연 재해는 인류를 위협하는 가장 큰 적이었어요. 오늘날 과학 기술의 발전에 힘입어 자연 재해를 예방하는 데 큰 진전을 이루었지만, 아직도 자연 재해는 막강한 힘으로 인류를 위협하고 있지요. 이 작품에서도 흑산도 어민들의 삶을 위협하는 가장 큰 적은 자연 재해겠지요. 북술이 아버지도 바다로 나갔다가 돌아오지 않았으니 아마도 폭풍우와 같은 자연 재해로 목숨을 잃었을 겁니다. 그리고 북술이 아버지 제삿날은 세 사람의 제사를 동시에 지낸다고 하는데, 셋 다 함께 배를 타고 나갔다가 돌아오지 않은 사람들이기 때문이에요. 그런데 이처럼 제삿날이 같은 경우가 이 마을에서는 그렇게 신기한 일이 아니었다고 하니 많은 어부들이 바다로 나갔다가 자연 재해로 인해 돌아오지 않았음을 알 수 있어요. 용바우도 역시 자연 재해로 목숨을 잃었을 것이니, 이 작품의 등장인물들을 위협하는 가장 큰 적은 자연 재해라고 해도 될 거예요.

그러나 비단 자연 재해만이 문제인 것은 아니에요. 북술이 아버지 제삿날에 모인 동네 사람들의 대화를 들어보면, '긴차쿠', '요다키', '데구리' 등과 같은 신식 기술들을 사용하는 어선들이 고기를 싹 쓸어가고 있다는 불평이 쏟아지지요. 아직 흑산도 어부들은 이러한 신식 기술을 사용하지 않고 있으므로 (아마도 그러한 기술을 이용하려면 자본이 필요한데, 흑산도 어부들은 가난해서 그럴 만한 자본을 마련할 수 없었을 거예요.) 그러한 기술로 고기 종자를 말리고 있는 어선들은 외부에서 온 어선들일 거예요. 일본인들의 어로 활동 범위를 제한했던 '맥아더 라인'을 언급하고 있는 것을 보면, 일본 어선들도 종종 흑산도 인근까지 와서 고기를 잡아갔던 것 같아요. 이들이 인근의 고기 종자를 없애 버릴 정도로 고기들을 싹 쓸어가기 때문에, 흑산도 어부들은 더 먼 바다로 나가 어로 활동을 하지 않을 수 없고, 그런 사정 때문에 자연 재해로 인해 사고를 당할 위험도 더 커지는 거예요. 그러므로 흑산도 어민들의 운명을 지배하는 것은 자연 환경만이 아닌 거예요. 근대적인 자본을 등에 업은 기술력을 갖춘 외래 어선들도 흑산도 어민들의 삶을 위협하는 아주 중요한 존재들일 겁니다. 이 작품에서는 그것을 대놓고 이야기하고 있지 않으나, 흑산도 어민들의 대화를 통해 간접적으로 제시하고 있답니다.

Q 북술이는 왜 곱슬머리를 따라 가려다가 그만두고 흑산도에 눌러앉나요?

A 분명 북술이는 곱슬머리를 따라가겠다고 약속하지요. 북술이가 곱슬머리를 따라가려는 이유는 무엇일까요? 우선 자신에게 호감을 표하며 같이 목포로 떠나자는 곱슬머리라는 존재도 유혹이 되었겠지요. 더군다나 할아버지 박 영감도 처음에는 곱슬머리가 빨랫비누와 담배를 가져다주었을 때 그것을 왜 받았느냐고 북술이를 나무라면서 곱슬머리를 경계했지만, 그다음에 쌀을 가져왔을 때에는 곱슬머리를 용인하는 태도를 취해요. 손녀사위 감으로 점찍고 있던 용바우가 바다로 나가 돌아오지 않자 이제는 포기하고 북술이가 곱

슬머리를 따라가기를 은근히 바라고 있는 것이지요.

　북술이가 곱슬머리를 따라가려는 이유는 또 있어요. 인실이 어머니가 북술이에게 북술이 어머니 이야기를 해 주면서 "인자 북술이도 육지로 씨집을 가야제."라고 말하자 북술이는 그 말에 솔깃해하면서 "용바우가 돌아오지 않는 바다라면 정말 싫증이 났다. 바다가 미워졌다. 아예 바다를 떠나야만 살 것 같았다."고 느껴요. 또 인실이 어머니가 해산을 하다 죽자 '의사가 있는 육지에 가 살아야지'라는 생각으로 북술이 마음이 육지로 줄달음치지요.

　그러니까 북술이는 곱슬머리라는 존재 때문이라기보다 용바우를 집어삼킨 바다가 미워져서, 그리고 여러 가지로 문명의 혜택을 입을 수 있는 육지가 그리워서 섬을 떠나고자 하는 것이고, 마침 곱슬머리가 목포로 가자고 하므로 그에 따르려고 했던 것이에요. 그래서 곱슬머리의 청을 받아들여 그와 떠나기로 약속한 장소까지 찾아가지만, 그녀의 눈앞에는 고래등 같은 용바우가 가로막고 있고, 할아버지의 가래침 소리가 그녀의 목덜미를 잡으며, 용왕당과 나루터와 갯벌이 그녀의 머릿속에 감돌아요.

　북술이는 아직 용바우에 대한 미련을 버리지 못한 거예요. 곱슬머리는 그녀에게 잘해 주지만, 그녀는 용바우에게 느끼던 만큼의 애정을 곱슬머리에게는 못 느끼고 있어요. 아울러 자신이 떠나고 나면 혼자 남을 할아버지도 눈에 밟히고, '용왕당과 나루터와 갯벌'이라는 '고향'도 그녀의 발목을 잡고 있지요. 그러니까 북술이는 한편으로는 숙명 같은 삶을 벗어나 육지로 떠나고 싶은 욕망과, 다른 한편으로는 섬에 남아 전통적인 삶을 유지해야 한다는 윤리 사이에서 갈등하다가 후자를 택하는 것이지요.

Q 마지막 장면에서 '흑산도'를 두고 '숙명처럼 발목을 매어 잡는 이름'이라고 부르고 있는데, 그렇다면 북술이는 숙명처럼 흑산도에 매여 살아가야 하나요?

A 글쎄요. 일단 북술이는 흑산도를 떠나려는 마음을 접고 흑산도에 눌러앉은 것으로 작품이 끝나지만, 북술이가 계속 흑산도에서 살아갈지는 미지수네요. 마지막 장면에서도 "북술이의 눈은 하늘을 건너 아득한 육지 쪽에 얼어붙었다."라고 씌어 있지요. 북술이 마음은 한편으로는 여전히 '육지'를 향하고 있답니다. 이미 흑산도에도 '변화'가 닥쳐오고 있어요. 흑산도 어부들은 전통적인 방식으로 어로 작업을 하고 있지만 외래 어선들은 더욱 발전된 기술로 고기를 잡아 흑산도 어부들을 위협하고 있어요.

그리고 육지는 섬보다 훨씬 유리한 생활환경과 매혹적인 문화가 펼쳐지는 곳이지요. 북술이도 '의사가 있는 육지'로 가서 살고 싶어 하고, 또 "언제인가 한 번 보았던 육지의 화려한 모습"을 잊지 않고 있지요. 섬에서의 삶은 더욱 더 어려워져만 가기 때문에, 육지의 유혹은 점점 더 커지면 커졌지 줄어들지는 않을 거예요. 더군다나 그동안 물에 빠져 죽은 것으로 알고 있었던 어머니를 '육지에서 봤다는 사람'도 있지요. 자신을 낳아 준 어머니도 남편(북술이 아버지)이 죽은 것이 확인되자 더 이상 섬 생활을 견디지 못하고 육지로 떠났던 거예요.

육지의 유혹, 그것은 달리 말하면 근대화의 유혹이에요. 그 근대화의 유혹을 뿌리치고 전통적인 생활을 끝까지 지킨 곳은 어디에도 없답니다. 그래서 근대적인 장르인 소설에서는 더 이상 고향에서의 삶을 유지하지 못하고 고향을 떠나는 이야기는 넘쳐나는데, 거꾸로 고향을 떠나고 싶은 유혹을 뿌리치고 고향에 눌러앉는 이야기는 아주 드물답니다.

그러면 작가는 왜 북술이가 고향에 눌러앉도록 작품의 결말을 맺었을까요? 그것은 아마 온갖 근대화의 유혹과 압력에도 불구하고 '위험하고 가난하더라도 자연과 맞서서 정직하게 살아가는 소박한 삶', 그런 삶이 흑산도라는 고향에서 지속되기를 바라는 마음에서였을 겁니다. 마지막에 박 영감이 다시 전통적인 방식으로 배를 손질해서 고기잡이를 나서는 모습을 그린 것도, 한편으로는 자신의 몫까지 다 해 주겠다고 장담하던 용바우가 죽었기 때문에 자신이라도 일을 해야 생활을 해나갈 수 있는 처지가 되었기 때문이기도 하지만, 다른 한편으로는 바로 그러한 건강하고 꿋꿋한 삶의 모습을 보여 주는 의미도 있답니다. 아마 작가는 '위험하고 가난하더라도 자연과 맞서서 정직하게 살아가는 소박한 삶'에 더 높은 가치를 부여하는 마음에서 북술이를 눌러앉히고 박 영감이 다시 고기잡이에 나서는 모습을 마지막 장면으로 형상화하였을 겁니다. 그러나 북술이의 눈이 아득한 육지 쪽에 얼어붙은 모습을 보여 줌으로써 작가 자신의 그러한 바람이 계속 유지되기는 어렵다는 것을 암시하고도 있지요.

❈ 더 읽어 봅시다 ❈

어촌의 여성 인물의 운명을 통해 자연과 인간의 융화를 그린 작품.

오영수, 〈갯마을〉 _동해의 H라는 조그만 갯마을에 사는 젊은 과부 해순은 남편이 바다에 나가 돌아오지 않자 물옷을 입고 바다로 나가 시댁 식구들을 부양한다. 그러다가 어느 날 자신을 유혹한 상수에게 시집을 가 마을을 떠났다가 시댁이 있는 산골 생활에 적응하지 못하고 마침 상수가 징용에 끌려가자 몰래 시댁을 떠나 그리던 갯마을로 돌아온다.

작가 소개

전광용(1919~1988)

현실 탐구의 정신으로 빚어낸 다양한 인간형의 창조

전광용(1919~1988)은 1939년 동아일보 신춘문예에 동화 〈별나라 공주와 토끼〉가 당선되었고 해방 직후 시인 정한모, 소설가 정한숙 등과 함께 동인지 「시탑」, 「주막」의 동인으로 활동하였지만 1955년에 〈흑산도〉가 조선일보 신춘문예에 당선되어 본격적인 문학 활동을 시작했으므로 '전후 작가'에 속한다. 전후 작가란 한국전쟁 이후에 본격적인 문학 활동을 한 작가들을 가리키는데, 이들은 당시 환경으로 인해 대부분 전쟁의 참상이나 전쟁으로 인한 인간성의 파괴, 전쟁 직후 피폐한 사회로 인한 혼란, 그러한 환경 속에서 주인공들이 겪는 실존적인 고민과 불안 등을 주로 형상화하였다.

그러나 전광용은 여느 전후 작가들과는 달리 전쟁과는 거리를 두고서 비교적 객관적으로 당시 사회의 여러 문제들을 다각도로 그려내고자 하였다. 물론 우리 민족사의 유례없는 비극이었던 한국전쟁을 겪은 직후에 창작 활동을 본격화하였던 만큼 그의 작품에도 전쟁의 그림자가 짙게 드리워져 있다. 여기 수록한 그의 대표작 〈사수〉와 〈꺼삐딴 리〉만 해도 직접 6·25 전쟁을 배경으로 하고 있다. 그러나 〈흑산도〉가 당선된 이후 약 10여 년에 걸쳐 발표

된 그의 주요 작품들은 비단 전쟁과 그 후유증에 국한되지 않고 다양한 사회 문제에 대해 관심을 기울여 폭넓은 작품 세계를 보여 주고 있다.

이는 그가 기자 출신인 점과 무관하지 않은 것으로 보인다. 가령, 〈해도초〉는 해방 직후 미군 공군기가 독도 근처에서 고기잡이를 하고 있던 우리 어민들을 상대로 무차별 총격을 가해 살상한 사건을 다루고 있는데, 이는 그가 직접 한성일보 기자로서 취재한 사건을 소설로 형상화한 것이다. 비단 이 작품만이 아니라 그의 작품은 대부분 답사나 취재 등에서 단서를 얻은 경우가 많다. 작가 자신도 다음과 같이 밝힌 적이 있다.

"내가 쓴 작품에는 현지 답사에서 힌트를 얻거나 취재한 것이 적지 않다. 〈흑산도〉는 흑산도의 현지 답사에서, 〈진개권〉은 휴전선 오지에 있는 친구의 미군 쓰레기칸에서, 〈지층〉은 태백산맥의 탄광에서, 〈해도초〉는 독도 근해 어부에 대한 미군 비행기의 무차별 폭격의 현지 조사에서, 〈크라운장〉은 비어홀의 노악사(老樂士)에서, 〈반편들〉은 동해안 해수욕장에서, 〈곽 서방〉은 다도해 경호도(鏡湖島)의 반농·반어촌에서 각기 현지 취재한 작품이다. 그런가 하면 〈동혈인간〉 및 〈경동맥〉은 Y여사의 모델에서, 〈주봉 씨〉는 L화백의 실화에서, 〈충매화〉는 이웃 의사의 경험담에서…… 그리고 〈꺼삐딴 리〉와 〈의고당 실기〉는 주변에 흩어진 군상 속에서 각각 힌트를 얻은 것이다."(〈구슬이 서말이라도〉에서)

작가의 관심사가 우리 사회의 구석구석까지 대단히 폭넓게 확산되어 있음을 짐작할 수 있다. 그래서 전광용의 작품을 통해 우리는 1950~60년대의 다양한 사회상과 사회 문제에 대해 접할 수가 있다. 그러나 그렇다고 해서 전광용의 소설이 사회 사건들에 대한 객관적인 기사문이나 보고서에 머무르는 것은 결코 아니다. 당대 현실에서 단서를 찾아내어 소설을 창작하면서도 그는 단순히 당대의 풍습을 묘사하거나 그에 대한 사회적인 해석을 부여하는 데 그치지 않는다. 오히려 그의 작품은 보편적인 인간에 대한 탐구로 나아간다.

가령, 흑산도의 학술 답사에서 취재하여 창작된 〈흑산도〉만 하더라도 당시의 흑산도라는 특수한 지역의 특수한 환경 속에서 어민들이 어떻게 생활을 영위하고 그 속에서 주인공은 어떤 운명을 맞이하는가를 다루면서도 거기에 그치지 않는다. 더 나아가 때로는 인간을 집어삼키기도 하는 자연이라는 조건에 순응하면서 살아가야 하는 인간의 보편적인 운명에 대한 이야기를 펼친다. 도시로 나가고 싶은 욕망을 갖고 있으면서도 같이 섬을 떠나자는 곱슬머리의 유혹을 뿌리치고 북술이가 흑산도에 남는 것은, 늘 동경하는 대상을 따로 가지고 있고 또 그로부터 유혹을 받으면서도 지금 이 곳에서의 삶을 차마 뿌리치지 못하고 이곳에 정착하여 살아가는 인간의 보편적인 모습을 형상화하고 있는 것이다.

6·25 전쟁을 배경으로 하여 창작된 〈사수〉도 마찬가지이다. 이 작품은 전쟁 상황을 배경으로 삼고 있으나, 작품에 등장하는 전쟁이 6·25 전쟁이라고 확정할 만한 어떠한 단서도 주어지지 않는다. 다만 1959년에 발표되었고 '경희'라는 한국 여성 이름이 등장하기 때문에 거기서 다루고 있는 전쟁이 얼마 전에 벌어졌던 6·25 전쟁이라고 짐작할 수 있을 따름이다. 만약 경희라는 이름을 B처럼 영문 이니셜로 처리하고 외국어로 번역해 놓는다면, 누구도 이 작품이 한국 전쟁을 배경으로 삼고 있다고 추측할 수 없을 것이다. 소설의 내용도 그에 걸맞게 언제 어디서나 찾아볼 수 있는 친구 사이의 라이벌 관계를 다루고 있다.

그렇다고 해서 보편적인 인간의 탐구에만 치우쳐, 구체적인 상황에서 개별적인 인간이 겪을 수 있는 독특한 운명에는 등한했던 것도 아니다. 문학작품에서 보편적 인간 탐구와 개별적 인간의 운명에 대한 추구는 충분히 결합될 수 있다. 오히려 아주 개성적인 인간의 삶과 운명을 세밀하게 다루면서 그것을 통해 보편적인 인간 탐구가 이루어질 때에 깊은 감동을 주는 뛰어난 문학 작품이 창조될 수 있다. 전광용의 작품에서도 이를 확인할 수 있는데, 바로 〈꺼삐딴 리〉가 그런 작품이다. 〈꺼삐딴 리〉의 이인국 박사는 아주 구체적인 배경 속에서 살아 움직인다. 일제 강점기 때에는 철저하게 친일파로 살았고 해방 이후 이북에서 소련군이 진주하자 소련군 장교의 눈에 들어 친소파로 변신을 하며 6·25 전쟁 이후 월남해서는 친미파로 살아가는 그의 삶은 바로 그 때 그 장소에서나 있을 법한 성격을 지니면서도, 다른 한편으로는 권력의 성격이 어떠하든 간에 그 권력에 빌붙어 자기 이익을 챙기는 영악한 인간형의 보편적인 모습을 가지고 있기도 하다. 나아가 그러한 카멜레온적 인간형이 해방 이후 우리 사회의 지배층을 형성하는 데에 한 자리를 차지했고, 그래서 이 작품은 그러한 인간형에 대한 비판에 머무르지 않고 우리 사회를 비판적으로 성찰하는 데에도 중요한 역할을 하였던 것이다.

전광용은 작가인 동시에 국문학자로서, 한국 현대소설사 연구의 기초를 쌓는 데 큰 기여를 하였다. 그래서 1970년대 이후로는 많은 작품을 창작하지는 못했다. 특히 서너 편의 장편 소설 창작에도 착수하였으나 〈나신〉을 제외하고는 어느 작품도 완성에 이르지는 못했다. 장편 소설에서도 그의 탐구열은 빛을 발한다. 〈태백산맥〉은 60년대 초반 병역기피자들을 해소하기 위해 만들어진 국토 건설단을 소재로 하여 당시 군사 정권의 전체주의적 발상을 비판적으로 형상화하였고, 〈나신〉은 전쟁 직후 동생의 학비와 어머니의 약값을 벌기 위해 비어홀의 여급으로 일하게 된 여성 주인공이 겪는 한국사회의 혼란상과 세태의 변화를 그렸다. 〈젊은 소용돌이〉는 4·19 혁명을 소재로 하여 혼란기를 극복하려는 젊은 세대의 의지를 담아내었고, 〈창과 벽〉은 당시 사회적 관심사였던 지식인의 현실참여 문제를 소재로 하여 지식인의 허위의식을 비판적으로 그리고 있다.

 이처럼 작가는 1950~60년대 우리 사회의 아주 다양한 삶의 양상들에 대해 관심을 가져 다양한 인간형을 창조했다. 일관된 주제가 없다는 점이 한계일 수는 있으나, 〈꺼삐딴 리〉가 증명하듯 그가 창조해낸 인간형은 당시뿐 아니라 오늘날에도 우리 사회를 반성적으로 성찰할 수 있는 좋은 거울이 되어 준다.

연보

1919년 _ 3월 1일 함남 북청군 거산면 성천촌에서 부친 주협 씨와 모친 이록춘 씨 사이의 2남 4녀 중 장남으로 출생.
1929년 _ 우신학교 4학년 졸업.
1931년 _ 양화공립보통학교 졸업.
1937년 _ 북청공립농업학교 졸업.
1939년 _ 「동아일보」 신춘문예에 동화 〈별나라 공주와 토끼〉 입선.
1944년 _ 한정자와 결혼.
1945년 _ 경성경제전문학교(서울대학교 상과대학의 전신) 입학.
1947년 _ 희곡 〈물레방아〉를 창작·연출하여 상연. 서울대학교 상과대학 경제과 2년 수료. 고명중학교 야간부 교사로 취임. 서울대학교 문리과대학 국어국문학과 입학. 김기영, 박암 등과 더불어 '국립대학극장' 결성. 체호프 원작 〈악로〉를 서울대 강당에서 창립 공연. 정한숙과 더불어 정한모가 관계하는 「시탑」 동인이 되어 김윤성, 조남사, 공중인, 구경서 등을 알게 됨.
1948년 _ 서울대학교 문리대 강당에서 '낙산문학회' 제1회 작품발표회를 가짐. 정한숙, 정한모, 남상규, 김봉혁 등과 「주막」 동인을 구성. 매월 합평회를 가짐. 김기영, 박암 등과 극단 '고려예술좌' 창립.
1949년 _ '고려예술좌'와 입센 원작 〈유령〉을 가지고 중앙극장에서 창립 공연. 단편 〈압록강〉을 「서울대학신문」에 발표. 고명중학교 교사 사임. 11월 한성일보 기자로 입사.
1950년 _ 6·25 전쟁으로 대구로 피난.

1951년 _ 서울대학교 문리과대학 졸업. 서울대학교 대학원 입학. 향도신문 기자로 입사.

1952년 _ 부산 피난지에서 국어국문학 소장학도끼리 '국어국문학회' 창립.

1953년 _ 서울대학교 대학원 수료. 서울로 이주.

1954년 _ 서울대학교와 국립박물관이 주최한 '흑산도 학술조사단' 참가.

1955년 _ 단편 〈흑산도〉가 「조선일보」 신춘문예에 당선되면서 본격적인 창작 활동 시작. 단편 〈진개권〉(「문학예술」)을 발표. 수도여자사범대학 교수를 거쳐 11월 서울대학교 문리과대학 교수 취임.

1956년 _ 단편 〈동혈인간〉(「조선일보」), 〈경동맥〉(「문학예술」) 등을 발표. 학술 논문 〈설중매〉로 「사상계」 논문상 수상.

1957년 _ 〈이인직 연구〉로 서울대학교에서 문학석사 학위 받음.

1958년 _ 단편 〈지층〉(「사상계」), 〈해도초〉(「사조」), 〈벽력〉(「현대문학」) 등을 발표. 「주막」 동인 재건 월례 합평회 제1회 모임을 정한숙 집에서 가짐.

1959년 _ 〈사수〉(「현대문학」), 〈크라운 장〉(「사상계」) 등을 발표. 창작집 『흑산도』를 을유문화사에서 출간. 장편 〈현란공석사〉(「문예」)를 발표.

1962년 _ 단편 〈바닷가에서('반편들'로 개제)〉(「사상계」), 〈면허장〉(「미사일」), 〈곽서방〉(「주간 새나라」), 〈꺼삐딴 리〉(「사상계」), 〈남궁박사〉(「대학신문」) 등을 발표. 단편 〈꺼삐딴 리〉로 제7회 동인문학상 수상.

1963년 _ 장편 〈태백산맥(제1부)〉을 「신세계」에, 〈나신〉을 「여원」에 연재. 국제 펜클럽 한국본부 사무국장을 맡음.

1964년 _ 단편 〈모르모트의 반응〉(「사상계」), 〈제 3 자〉(「문학춘추」) 등을 발표. 국제 펜클럽 한국본부 사무국장 사임.

1965년 _ 단편 〈세끼미〉(「사상계」)를 발표. 장편 『나신』을 휘문출판사에서 출간.

1966년 _ 장편 〈젊은 소용돌이〉를 「현대문학」에 연재.

1967년 _ 을유문화사에서 전작 장편소설 『창과 벽』 제1부를 발간.

1969년 _ 국어국문학회 대표로 선출됨.

1970년 _ 제37차 세계작가대회 준비사무국장을 맡아 대회를 치름. 흑산도, 홍도 제2차 학술답사.

1971년 _ 국어국문학회 대표 사임. 제38차 세계작가대회(에이레공화국 더블린 개최)에 한국 대표로 참석. 자유중국, 홍콩, 태국, 이스라엘, 그리스, 이탈리아, 일본 등 각국 교육 문화 시찰.

1972년 _ 서울대학교 문리과대학 문학부장을 맡음.

1973년 _ 서울대학교에서 논문 〈신소설연구〉로 문학박사학위 받음. 백령도, 대청도 학술 답사에 참가.

1974년 _ 대만, 홍콩, 일본 등 각국의 교육 문화 시찰. 〈목단강행 열차〉(「북한」)를 발표. 제39차 세계작가대회(이스라엘 예루살렘 개최)에 참석. 1개월간 인도, 그리스, 프랑스, 벨기에 등 각국 교육 문화 시찰.

1975년 _ 창작집 『꺼삐딴 리』를 을유문화사에서 출간. 서울대학교 교수협의회 회장에 취임.

1976년 _ 국제아세아작가대회(중화민국 타이페이 개최)에 한국 대표로 참석. 홍콩 및 일본의 교육 문화 시찰. 제41차 세계작가대회(영국 런던 개최)에 참석.

1977년 _ 단편선집 『동혈인간』을 삼중당에서 출간.

1978년 _ 단편집 『목단강행 열차』를 태창문화사에서 간행. 제43차 세계작가대회(스톡홀름 개최)에 한국 대표로 참석. 유럽, 중동, 동남아 각국의 교육 문화 시찰. 한국현대문학연구회 회장 역임.

1979년 _ 단편 〈표범과 쥐 이야기〉를 「한국문학」에 발표. 단편 〈곽서방〉으로 제2회 흙의 문학상 수상.

1982년 _ 제10차 세계 비교문학대회(뉴욕 개최) 참석.

1983년 _ 『한국 근대소설의 이해 Ⅰ·Ⅱ』를 민음사에서 간행. 서울시 교육회 주관 해외교육연수단 참가, 남태평양지역 교육 문화계 시찰.

1984년 _ 서울대학교 인문대학 교수로 정년 퇴직. 서울대학교 명예교수. 세종대학교 초빙교수. 국민훈장 동백장 받음.

1985년 _ 국제교육친선협회 주관 해외교육연수단 참가, 남미 교육 문화계 시찰.

1988년 _ 6월 20일 당뇨병으로 별세.